Martin Meyer • Corona

Martin Meyer
Corona

Erzählung

KEIN & ABER
POCKET

Cover: Maurice Ettlin
Satz: Dörlemann Satz, Lemförde
Druck und Bindung: CPI books GmbH, Leck
ISBN: 978-3-0369-6133-0
Auch als eBook erhältlich

www.keinundaber.ch

Der Mensch ist die Krone der Schöpfung.
Nur schade, dass es eine Dornenkrone ist.

Stanislaw Jerzy Lec

1

In der sechsten Woche seit dem Ausbruch der großen Krise spürte Matteo ein Kratzen im Hals. Der Buchhändler war am frühen Morgen aufgewacht und schlaftrunken ins Badezimmer gegangen. Er hatte mithilfe einer Taschenlampe im Spiegel über dem Waschbecken seinen Hals untersucht, der tatsächlich gerötet war. Zur Beunruhigung bestand noch kein Anlass. Der Hals konnte aus vielen Gründen entzündet sein. Der Frühling war ins Land gezogen, und die Pollen trieben wild durch die Luft. Trotzdem hatte Matteo die Mundhöhle desinfiziert. Man konnte nie wissen.

Jetzt saß er in seiner Studierstube und starrte an die Decke. *Bist du einsam, Matteo*, fragte er sich.

Vor ein paar Jahren hatte er den Tod seiner Frau betrauert, dann aber gut mit dem Alleinsein zu leben begonnen. Manchmal kam seine Nichte, Carla, die ihm Lebensmittel und Blumen brachte und ein wenig sauber machte. Ansonsten versorgte sich Matteo selbst. Die Ansprüche waren gering. Was zu organisieren war, verlangte wenig fremde Hilfe.

Matteo ging zum Fenster und schaute auf die Gasse. Die ersten Zeichen des Tages machten sich bemerkbar. Die Häuser traten stärker hervor, die Statue über dem Brunnen schien zu atmen, das plätschernde Wasser des Brunnens hatte einen anderen Klang als in der Nacht. In der Nacht klang es geheimnisvoll, manchmal auch traurig. Bei Tagesanbruch wechselte die Laune. Es klang mehr und mehr zuversichtlich, wie man es erwarten durfte bei einem Brunnen, der schon Jahrhunderte überstanden hatte und nie stillgelegt war.

Seit der Krise war eine seltsame Stille in die Stadt eingekehrt. Der Verkehr hatte abgenommen, die Fußgänger gingen mit genauem Ziel oder huschten schemenhaft an den Mauern entlang. In der Nacht war diese Stille mit Händen zu greifen. Sie legte sich wie eine schwere Decke über die Schlafenden, die froh waren, wenn sie von Träumen verschont blieben.

Die Träume hatten mit der Krise zu tun. Sie versetzten die Träumenden in ausweglose Situationen. Manche erzählten, dass sie immer denselben Traum hatten. Sie liefen zwischen den Gassen, während die Gassen immer enger wurden, die Beine von unsichtbaren Gewichten zu Boden gezogen wurden und der Atem schwer und schwerer ging. Das Aufwachen war mit Angstzuständen und Schweißausbrüchen verbunden. Diese konnten Symptome sein oder, wie man immer noch sagte, psychosomatischer Herkunft.

Die Gasse war leer. Obwohl der Brunnen die Leute dazu aufrief, vor die Tür zu treten und das Tagwerk zu beginnen, blieb sie leer. Matteo erinnerte sich, bei Franz Kafka das schöne Attribut *rein und leer* gelesen zu haben. Mit dem Wort *rein* hatte Kafka Verschiedenes zum Ausdruck bringen wollen. Matteos Gasse war nicht nur leer, sondern auch rein. Aber Matteo maß dieser Tatsache keine besondere Bedeutung bei. Die Gasse war rein im Sinn von sauber, weil sich schon länger keine Nachtfalter mehr herumtrieben, die ihre Zigaretten, ihre Papiertaschentücher, ihre Präservative oder ihre leeren Weinflaschen dort deponiert hatten.

Es war zu früh, die Nichte anzurufen. Carla würde noch fest schlafen. Sie arbeitete als Arztgehilfin in einer Praxis der Innenstadt und hatte, wie sie zu sagen pflegte, einen strengen Tag. Matteos Schwester war eine ordentliche und disziplinierte Frau gewesen. Carla schlug nach der Seite der Mutter. Matteo war nicht unglücklich, dass sie noch keinen Mann gefunden hatte. So hatte sie mehr Zeit für den alten Onkel. Andererseits wäre es sicher gut, wenn Carla die Gefühle, die sie auf die Arbeit verwandte, eines Tages in Zuneigung oder gar Liebe zu einem anderen Menschen verwandeln würde.

Der Verlauf der Krankheit, der durch die Krise oder Seuche ausgelöst wurde, war vielfach beschrieben worden. Matteo hatte ihn der Zeitung entnommen, die jeden Morgen in seinem Briefkasten lag. Damit kam er zwar immer ein wenig zu spät, denn das Internet war rund um die Uhr tätig. Andererseits konnte er eine beschränkte Zahl von Informationen und Hinweisen in aller Ruhe studieren.

Es fing, wenn es war, was es wohl werden würde, mit einem Kratzen an. Bald darauf würde sich Fieber einstellen. Je nach Patient schwächer oder stärker. Hinzu traten Kopfschmerzen und Schmerzen in den Gliedern. Husten folgte. Diese Symptome waren ebenfalls schwächer oder stärker, doch steuerten sie in der Regel auf das Forte zu. Wie bei einem Orchester, dessen Stimmen sich nach und nach zusammenfanden, um die Hauptmelodie anfangs leise, dann deutlicher, dann *forte* und zuletzt *fortissimo* zu spielen, endete die Krankheit dann ebenfalls in einem mächtigen Fortissimo.

Dass Matteo solche Art von Musik hasste, spielte keine Rolle. Die Musik diente als Metapher. Allerdings gab es keinen Dirigenten, der die Macht besessen hätte, mit dem Taktstock auf sein Pult zu schlagen und abzuklopfen.

Fertig. Ende.

Die Musik lief weiter, jedenfalls bisher, und niemand konnte sie stoppen.

Insofern war dieser Prozess ein ziemlich natürlicher Vorgang. Das musste man der Seuche lassen. Wenn sie irgendwo weit weg von irgendwelchen Zauberern aus Versehen oder mit Absicht herbeigerufen worden war, so verhielt sie sich seither wie ein Teil der Natur. Sie zeigte wie die Natur im Frühling organisches Wachstum, und es blieb, wenn man den Zeitungen trauen durfte, ziemlich fraglich, ob und unter welchen Bedingungen sich dieses Wachstum eines Tages in eine Winterlandschaft zurückziehen würde, wo es der Erstarrung anheimgegeben wäre. Bis ein böser Geist wieder an die Decke aus Eis zu klopfen begänne.

Es war zum Fürchten. Oder wurde übertrieben?

Gewisse Gedanken und Gedankenspiele waren Matteo seit Kindestagen vertraut. Die Kindheit in der Provinz hatte damals wenig zu bieten. Die Kinder spielten die üblichen Spiele und zeigten erste Symptome von Grausamkeit. In der Schule herrschte der landesübliche Drill, der durchmischt war mit Einlagen unfreiwilligen Humors. Für die Fantasie gab es Bilder- und später Märchenbücher. Auch Abenteuergeschichten kamen hinzu, die die Welt viel größer erscheinen ließen, als sie in der Provinz war.

Eine übellaunige Großtante hatte Matteo damals gesagt, er könne sich die große weite Welt nach Belieben erträumen, aber es würde nichts daran ändern, dass Matteo immer in der Provinz leben würde. Sie hatte mehr oder weniger recht behalten.

Die Küche war nach den Bedürfnissen eines älteren Mannes bestückt. Auf dem Herd kochte das Wasser für die Spaghetti und die Sauce. In einem klapprigen Holzschrank gab es verschiedene Sorten von Tee. Auch Zucker war vorhanden und ein Topf mit Blütenhonig. Der Kühlschrank war ein Modell von anno dazumal, als er noch frisch in seinem Weiß erstrahlte. Matteo lagerte Trockenfleisch, Butter, Marmelade und Käse. Der heikle Punkt war das Thema Gemüse.

Gemüse war wichtig und gesund, aber seine Zubereitung war Matteos Frau vorbehalten gewesen.

Matteo hatte das Problem mithilfe des Apothekers gelöst. Dieser verschrieb ihm eine Reihe von Pillen, die Vitamine für verschiedene Funktionen enthielten. Matteo hatte sich einen Behälter gekauft, in welchen er die jeweils angesagten Portionen des Tages ablegte. So hatte er immer den Überblick. Außer er hatte die Einnahme vergessen, was jedoch, wie ihm der Apotheker periodisch versicherte, nichts schade, wie es auch nicht schade, wenn Matteo am übernächsten Tag zwei Portionen schlucke, um aufzuholen.

Trotzdem war es wichtig, Carla wissen zu lassen, dass Matteos Hals kratzte. Zwar würde sie aufgeregt reagieren und ihm vielleicht auch Vorwürfe machen. Vorwürfe, die nur berechtigt wären, wenn er, Matteo, selbst Schuld mittrug, indem er zum Beispiel ohne Schal herumgestreunt war. Sie wären jedoch unberechtigt, sofern Matteo schuldlos von der Seuche befallen worden war, was letztlich wahrscheinlicher war, weil die Seuche, wie in den Zeitungen nachgewiesen wurde, schleichend und leise wie aus dem Nichts kam und sich in Windeseile weitertragen ließ.

In diesem Fall des Seuchenzustands dürfte Carla ihren Onkel nicht mehr besuchen. Das hatten bereits viele Menschen begriffen. Je mehr die Seuche wüten würde, umso mehr Menschen würden begreifen müssen, dass es mindestens für eine Zeit lang vorbei war mit direkten Kontakten.

Du musst verstehen, ich darf dich nicht mehr besuchen.

Matteo hatte dies ebenfalls seit Kindheitstagen lernen müssen. Er hatte eine ansteckende Kinderkrankheit bekommen und lag abgeschirmt von den anderen in seinem Zimmer. Die Krankheit sorgte für Fieber. Zuerst für angenehmes Fieber, das so beschaffen war, dass der kleine Matteo wie auf Wolken segelte. Las Matteo in diesem Zustand seine Bilderbücher, so erschienen die Tiere des Zoos an seinem Krankenbett und begannen mit ihm zu sprechen.

Wenn das Fieber dieser Kinderkrankheiten, von denen es mehrere gab, zu schnell stieg, kam die Mutter auf leisen Sohlen, schaute besorgt von weit oben in die Tiefe des Betts und legte dem Sohn ein Schweißtuch auf die Stirn, das mit Essig getränkt war. Das Schweißtuch tat meist Wirkung, unabhängig davon, ob die Mutter vorher noch das Kreuz geschlagen hatte. Dieser Ritus wiederholte sich alle drei Stunden. Aber mit der Leselust war es vorbei, ganz und gar vorbei.

Deshalb kam Matteo auf die Gedanken. War er halbwegs bei Bewusstsein, begann er sich Dinge und Begebenheiten auszudenken, die etwas Besonderes an sich haben sollten. Zum Beispiel ließ Matteo einen Buben seines Alters über ein hohes Seil spazieren, das zwischen dem Kirchturm und dem Dachgeschoss des Schulhauses aufgespannt war. Der Bub musste versuchen, den Zurufen des Pfarrers einerseits, des Lehrers andererseits zu widerstehen. Er musste, taub gegenüber den Mahnrufen, über das Seil wandern, als wäre er Jesus Christus über den Wassern des Sees Genezareth.

Den Applaus nach geglückter Traverse würde er sich mit seinen Eltern teilen.

Bravo, Junge. Du hast es geschafft. Um ein Haar wärst du abgestürzt.

Matteo schlurfte in die Küche. Er fröstelte. Er setzte Wasser auf und holte den Pfefferminztee aus dem Gestell. Er gab Honig und eine geschnittene Zitrone hinzu, ließ das Gebräu vier Minuten ziehen und schlürfte es in kleinen Schlucken.

Hätte Matteo nur eine unauffällige Rötung des Halses gehabt, wäre der Tee ohne Reiz oder Schmerz durch den Mund und über den Hals in den Magen geflossen. Aber so war es nicht. Der Buchhändler musste feststellen, dass ihn die Schluckbewegung schmerzte, wie ihn noch keine Schluckbewegung geschmerzt hatte, und holte Bleistift und Papier.

Seit ein paar Tagen durften ältere Menschen nicht mehr auf die Gasse. Dies, so die Behörden, zu ihrem eigenen Schutz. Die Seuche war, wie die meisten Seuchen, selektiv. Im aktuellen Fall traf sie hauptsächlich die älteren Leute.

Nein, das war falsch. Sie konnte alle treffen, vom Baby bis zum Hundertjährigen, aber wenn sie die Älteren und die Alten traf, entwickelte sie in deren Körpern fast immer eine unerhörte Wut. Sie brannte die Körper aus, die bald schon an den Beatmungsgeräten hingen, falls sie Unterschlupf in einem Krankenhaus gefunden hatten, und am Ende erstickte man. Es gab auch für die letzten Stunden verschiedene Szenarien.

Aber alle waren in der einen oder anderen Weise schrecklich.

Matteo hatte sich oft mit dem Tod befasst. Er war ein Thema geworden, seit Matteos Frau krank, dann sehr krank und schließlich todkrank geworden war. Vorher hatte Matteo nicht glauben können, was eine Krankheit mit einem Menschen anrichten konnte. Ihm fehlte die direkte Anschauung, auch wenn er viele große Romane gelesen hatte, in denen das Sterben eines Menschen beschrieben wurde. Ging einer mit einem Herzschlag weg, so hatte er vermutlich Glück gehabt. Musste sich ein anderer Stück um Stück von Gevatter Tod hinüberziehen lassen, so war der Vorgang von grauenhaften Verwandlungen erfüllt.

Es war, mit einem Wort, tatsächlich das Thema der Verwandlung. Zwar war das ganze Leben eine unaufhörliche Verwandlung. Wenn man Glück hatte, verliefen die einzelnen Phasen so organisch, dass man sie kaum bemerkte. Aber es gab auch Brüche. Matteo hatte das schon als Kind begriffen, als er eines Tages kein Kind mehr war, weil ihm die Stimme zu brechen begann und Erektionen kamen, die man nicht kontrollieren konnte.

Plötzlich war Matteo kein Kind mehr. Er hätte sich gewünscht, dass er den Übergang mehr spüren und in weiteren Zeiträumen hätte überschauen können. Aber dafür war es in diesem Fall zu spät.

Matteo setzte sich an den Küchentisch. Der Stuhl knarrte, obwohl Matteo kein Schwergewicht war. Im

Gegenteil, er war schlank und von mittlerer Größe, immer noch ansehnlich trotz seiner siebzig Jahre, wie Carla betonte, und wenn man vom Aussehen reden musste, so hatte er einen weiteren großen Vorteil. Das Haar war dicht und voll geblieben. Es war ergraut, aber in Würde ergraut, was Matteo etwas Staatsmännisches gab.

Auch sonst konnte er zufrieden sein. Das klar geschnittene Gesicht mit der Römernase und den dunklen, scharfen Augen veranlasste manchmal sogar jüngere Frauen, sich umzusehen. Eigentlich sah Matteo also nicht wie ein Buchhändler aus, wenn man ein Bild von Buchhändler vor sich hatte, das einen bebrillten, unbeholfenen und dicklichen Zeitgenossen vorführte.

Matteo schrieb auf den Zettel. *Zitronen. Bananen. Honig (geht bald aus). Weißbrot. Oliven. Sardellen. Schinken. Parmesan.* Dann zog er mit dem Bleistift einen vertikalen Strich, der eine zweite Kolonne eröffnete. Über die Kolonne schrieb er: *Wichtige Fragen.* Darunter kamen ein paar Stichworte, von denen Matteo glaubte, dass sie wichtig seien, wenn er mit dieser Krankheit umzugehen hätte, von der er glauben musste, dass sie die Krise oder Seuche war.

Die Sache war die. Es galt, der Seuche möglichst furchtlos ins Auge zu blicken, solange die Kraft dafür noch vorhanden war. Dazu gehörten zunächst die Maßnahmen, die man mithilfe von Verwandten und Ärzten im Sinn der Erhaltung seiner Gesundheit treffen konnte. Man musste sich schonen. Gänge nach draußen waren ab sofort unter allen Umständen verboten. Außer, das Haus war in Brand geraten. Weiter konnte man versuchen, mit den richtigen Medikamenten den Verlauf ein wenig zu steuern.

Als sich Matteo vom Tisch erheben wollte, fühlte er Schwindel. Der Küchenboden mit dem Schachbrettmuster aus alten Kacheln war ins Trudeln geraten. Das Schachbrett drehte sich langsam, aber der Effekt war ärgerlich. Matteo probierte es langsamer. Während er sich mit der einen Hand auf den Tisch stützte, fasste die andere einen Stuhl, den Matteo nun wie eine Gehhilfe vor sich herschob. Es gab ein kratzendes Geräusch. Die Uhr an der Küchenwand zeigte 5 Uhr 26 Minuten.

Hatte Matteo die Nachbarn geweckt? Das war nicht unwahrscheinlich. Im oberen Stockwerk wohnte eine Frau unbestimmten Alters, die Professorin an der Universität war. Sie hatte ihm einmal im Treppenhaus erzählt, dass sie das Fach Geschichte unterrichte. Matteo hatte sich interessiert gezeigt und ihr von seinem Buchhändlerleben erzählt.

Später hatte ihn die Professorin zu einem Kaffee eingeladen und dazu Süßigkeiten aufgetischt. Matteo, der selbst ein altmodischer Mensch war, hatte sich darüber gefreut.

Die beiden hatten über die Geschichte des Altertums geredet. Die Antike war für Matteo ein faszinierender Stoff. Zum einen waren die Menschen bereits aufgeklärt und gebildet in einem modernen Sinn. Zum anderen war ihr Himmel mit Heerscharen von

Göttern bevölkert. Man konnte diesen oder jenen Gott anrufen oder sogar in Form einer Büste bei sich zu Hause aufstellen und verehren.

Ereignete sich Gutes im Leben, so hatte der Gott daran mitgewirkt. Hatte sich Schlechtes ereignet, so war das übermächtige Schicksal, das die Römer als *fatum* bezeichneten, schuld gewesen. Gegen das *fatum* konnten Hausgötter nicht viel ausrichten. Jedenfalls fand auch die Professorin, dass diese Balancierung der Zuständigkeiten wie der Abwesenheiten von Göttern und anderen helfenden Geistern etwas Lebensdienliches hatte.

Matteo schob den Stuhl weiter durch die Küche, in die das Tageslicht einzufallen begann. Früher hatte Matteos Frau hier gewirkt. Sophia war vielleicht nicht besonders weise gewesen. Aber sie war eine gute und unauffällige Köchin gewesen, die aus dem Nichts die herrlichsten Mahlzeiten herbeizauberte.

Jetzt glich die Küche einer leeren Werkstätte, deren Wände noch ein paar Arbeitsinstrumente aus der Zeit des Erfolgs zeigten. Auch diese Verwandlung war hinzunehmen. Es wäre interessant, an der Verwandlung der Räume von Arbeit und Leben die einzelnen Stationen und Schicksalsmomente im Dasein eines Menschen abzulesen und einzuschätzen.

Was aber gälte im Fall derer, die nichts davon hatten? Der Migranten und Flüchtlinge, die immer nur das Unterwegs kannten und dabei versuchten, mit wenigen Habseligkeiten ein provisorisches Stückwerk von Heimat um sich zu schaffen?

Die Buchhandlung lag im Erdgeschoss. Hier hatte Matteo angefangen, vor fünfzig Jahren und als junger Mann. Hier war er geblieben und hatte im Bleiben beobachtet, wie sich das Quartier veränderte. Es hatte keinen Sinn, darüber zu lamentieren. Nostalgie war ein Lebensgift. Aber natürlich war es schöner und inniger gewesen, als der Laden gegenüber noch kein Internet-Shop war, sondern eine Milchhandlung, die neben Frischmilch auch Käse und andere Herrlichkeiten darbot.

War es verboten, in das eigene Geschäft hinunterzugehen? Die Wohnung zu verlassen, um gewissermaßen eine andere Wohnung im selben Haus zu besuchen? Matteo verneinte die Frage. Aber er war sich nicht ganz sicher, ob er nicht nur recht hatte, sondern auch nach dem Recht handelte. Andererseits wäre es falsch, die Professorin um Rat zu bitten. Sie war eine höfliche und intelligente, aber auch vorsichtige und genaue Dame. Selbstverständlich war ihr bewusst, dass Matteo zur Risikogruppe zählte, und wenn sie noch mitzuhören bekäme, wie er zu husten begänne, wäre mit jeglichem Kontakt augenblicklich Schluss.

Ich würde Ihnen raten, zu Hause zu bleiben. Basta, Schluss.

Also Vorsicht. Es wäre unter allen Umständen zu verhindern, dass er, Matteo, sicht- und hörbar würde, während er das Treppenhaus hinunter- und hinaufschlich. Er musste leise sein. Aber er musste auch abzuschätzen versuchen, wer von den anderen Mietern wann, zu welchen Stunden das Treppenhaus benutzte.

Zweitens war den anderen Hausbewohnern gegenüber so lange als möglich geheim zu halten, dass er von der Seuche befallen worden war. Ein solcher Befall konnte, wie in den Zeitungen zu lesen stand, durchaus eher harmlos sein und sogar in sämtlichen Phasen der Krankheit harmlos verlaufen. Aber die anderen würden davon nichts wissen wollen und darauf einzuwirken versuchen, dass Matteo rasch und unauffällig aus dem Haus geschafft würde. Je schneller, desto besser. Danach bestände für die anderen Mieter immer noch reichlich Gelegenheit, ihn, Matteo, zu bemitleiden.

Es gab eine Erzählung von Franz Kafka, die das Thema der Verwandlung ausdrücklich machte. Als Buchhändler musste Matteo einen breiten Fächer von Leseinteressen abdecken. Es kamen junge Leute, die Stendhal brauchten, weil er in der Schule gelesen wurde. *Pinocchio* war lange Zeit ein Bestseller gewesen. Neben den Klassikern gab es die sogenannte aktuelle Literatur. Auch hier musste man beschlagen sein, wenn man wie Matteo im Einmannbetrieb tätig war. Das Neueste wurde dann bald oftmals das Älteste. Aber das war egal. Eine Zeit brauchte auch die literarischen Sekunden, die mittickten und die Neugier befriedigten.

Kafka also hatte die Verwandlung erzählt, die ein Mann durchlief, der sich eines Morgens dabei überraschen musste, dass er in einen riesigen Käfer verwandelt worden war. Für die Deutung dieses ziemlich makabren Geschehens kamen viele oder mindestens einige Lösungen infrage. Matteo konnte sich schwach daran erinnern, dass ihn keine befriedigt hatte. Hingegen blieb ihm bis heute im Gedächtnis, dass der Käfer schließlich gestorben war. Darauf war die Putzfrau gekommen und hatte ihn weggewischt und entsorgt.

Matteo war ins Bett zurückgekehrt. Der Tee hatte gutgetan, aber so viel genützt, wie Matteo befürchtet hatte, nämlich wenig. Es war immer noch zu früh, Carla anzurufen. Draußen war es weiterhin so ruhig, wie es früher, seit sich Matteo erinnern konnte, niemals ruhig gewesen war. Hierzulande sind die Leute doch fröhlich, dachte Matteo. Manchmal, sogar häufig sind sie lärmend und laut.

Nichts davon. Von den Tiefen der Gasse herauf war weiterhin nur das Schweigen zu hören, das sich in den letzten Tagen verdichtet hatte. Konnte Schweigen noch gesteigert werden? Das war auch eine musikalische Frage.

Das Kind Matteo war zum Erlernen des Klavierspiels verurteilt worden. Man konnte es kaum anders sagen. Matteo wäre damals lieber Fußballkönig gewesen, aber der Vater, der hie und da in einem Laienorchester mitmachte, kannte kein Erbarmen. Entweder Klavier oder Geige, hatte der Vater gedonnert. Geige ist schwieriger, hatte er hinzugefügt. Damit war der Fall klar. Ein altes Klavier, das lange Zeit nicht mehr benutzt worden war, stand weit hinten im Wohnzimmer. Es wurde gereinigt und gestimmt, und die Reise konnte beginnen.

Matteo war alles andere als begabt. Die Klavierlehrerin gab sich große Mühe und brach regelmäßig in Tränen aus. Aber die Musik war schön, manchmal herzergreifend schön, wie Matteos Mutter ausrief, wenn er unter Schweiß und Stöhnen versuchte, das Stück zu spielen, das ihm aufgetragen worden war.

So schön wie du spielt sonst keiner. – Die Mutter war völlig verzückt.

Mama, du übertreibst.

Immerhin lernte Matteo auch, was Pausen waren. Pausen waren nicht einfach leere Luft oder ein Zug, der plötzlich ohne Grund stillstand. Sie hatten die Aufgabe, die Musik nachklingen zu lassen. Oder sie bereiteten darauf vor, dass bald eine wichtige Begebenheit folgen würde.

Als Matteo wieder einmal krank gewesen war, hatte er weiter daran herumstudiert. Eine Krankheit, so harmlos sie auch sein mochte, war ebenfalls eine Pause. Andererseits konnten das Vorher und das Danach nicht einfach als Musik bezeichnet werden. Sonst wäre das Leben viel schöner gewesen, während es doch voll von bösen Abenteuern und Schicksalsschlägen war. Allmählich lernte Matteo, dass es im Leben Pausen gab, die so kostbar waren, dass sie für sich selbst standen. Diesen Pausen waren sowohl das Vorher wie das Nachher egal. Sie galten absolut und standen für sich. Wenn man nicht an die Ewigkeit im Paradies oder anderswo glaubte, war der Tod ebenfalls eine solche Pause.

Matteo hörte, wie jemand durch das Treppenhaus lief. Von seinem Schlafzimmer aus war es nicht möglich, zu beurteilen, welcher Nachbar in welcher Richtung seiner Wege ging. Matteo hätte aufstehen, das Fenster öffnen und nach unten spähen können. Aber erstens war das unwürdig, und zweitens war es egal. Man durfte davon ausgehen, dass der Treppensteiger gesund war und einen Beruf hatte, der seine Anwesenheit außer Hause erforderte. Ein Arzt. Ein Verkäufer in einem Geschäft für Lebensmittel. Ein Journalist. Ein Polizist.

Es gab wichtige, lebenswichtige Berufe, die auch während der Krise oder der Seuche wahrgenommen werden mussten. Die Zeitungen berichteten von wahren Wundern, die von selbstlosen Leuten in den Kliniken und in den Notunterkünften vollbracht wurden. Der Beruf des Buchhändlers gehörte nicht in diese Kategorie.

Auch wenn das nicht ganz stimmte.

Ein gutes Buch, unter bestimmten Umständen überhaupt nur ein Buch, egal wie gut oder schlecht, konnte ein Leben auch in Lebenslagen begleiten und vielleicht verändern, die prekär, ja katastrophisch waren. Bücher waren in bestimmten Situationen, die nachtschwarz waren, zu Leuchttürmen geworden. Sogar Menschen, die unter normalen Bedingungen kaum je ein Buch angefasst hätten, fanden dabei zu sich selbst oder wieder zu anderen, die sie in der Zwischenzeit verloren hatten.

Matteo wurde immer bewusster, dass die geschlossene und versperrte Buchhandlung, die er normalerweise im Erdgeschoss des Hauses betrieb, in dem er zugleich seit fast fünfzig Jahren wohnte, dass diese seine Buchhandlung ein Lebensanker war oder werden konnte.

Daran war jetzt, gerade jetzt, zu denken. Die Seuche würde ihn vermutlich packen, vermutlich schütteln, vielleicht würde er sterben, vielleicht würde er durch ein Wunder und gegen die Statistik überleben. Aber solange der Kopf noch fühlte und dachte, ohne dass er schon auf Wolken schwebte oder in Albträumen versank, so lange würde Matteo daran denken, wie jetzt, gerade jetzt, die Kraft der Bücher zu nutzen war. Vielleicht, dachte er, musste man sie zu diesem Zweck nicht einmal lesen. Jedenfalls nicht zur Gänze.

2

»Wie geht es dir?«

Carla war ihm zuvorgekommen. Möglich, dass sie etwas geahnt hatte. Gedanken übertrugen sich manchmal, ohne dass direkter Kontakt nötig gewesen wäre. Dahinter musste nichts Metaphysisches stecken. Vielleicht würde die Wissenschaft herausfinden, dass auch Gedanken, wie so vieles andere auch, aus Wellen bestünden, die man erfassen und schließlich sogar verstehen könnte.

Matteo hatte bei einem Schriftsteller gelesen, dass dieser einen anderen Schriftsteller gelesen hatte, der schon früher darüber nachgedacht hatte. Der Gewährsmann hatte geschrieben, wenn der Tag komme, an dem die Menschen gegenseitig ihre Gedanken lesen könnten, werde die Welt schlagartig, noch viel schneller als durch jede Seuche, untergehen. Also wäre es mit der Menschenliebe nicht besonders weit her gewesen, obwohl man sie gerade dann besonders nötig gehabt hätte.

Matteo berichtete Carla von dem Kratzen im Hals.

Auch davon, dass er sich schwächer fühle als sonst. Carla schien besorgt. Vier kleine Worte wie eben diese – *Wie geht es dir?* – konnten leere Konvention bedeuten. Oder sie konnten, wie in diesem Fall, ernst gemeint sein und je nach der Antwort eine Kaskade von weiteren Fragen und Antworten auslösen.

Carla gab Anweisungen. Erstens solle Matteo seine Temperatur messen. Zweitens solle er seine täglichen Vitaminrationen verdoppeln. Drittens sei eine warme Bettflasche in diesen Zeiten nicht zu verachten. Viertens könne Tee, viel Tee, im Sinne einer Gegenkraft wirken.

Und fünftens solle Matteo seine Wohnung auf keinen Fall verlassen.

Matteo hörte geduldig zu. Er nahm mit Erleichterung zur Kenntnis, dass Carla nach Dienstschluss ein paar Medikamente vor die Wohnungstüre legen würde, denen sie auch Anweisungen zu ihrem richtigen Gebrauch mitgeben würde. So viel, so gut. Als Matteo das letzte Mal richtig krank war, hatte er die Grippe gehabt. Die Grippe hatte ihn schnell und heftig getroffen und ins Bett gezwungen. Carla war gekommen und hatte ihn betreut. Am Morgen und am Abend versorgte sie ihn mit allem Nötigen. Im Übrigen, hatte sie damals gesagt, müsse man darauf vertrauen, dass die Natur ihr Werk verrichte. Matteo hatte sofort gedacht, dass dieses Werk nach zwei Seiten offen war. Er vertraute auf seine kräftigen Wurzeln und auf seinen Lebenswillen. Für besondere Situationen wäre irgendwo in der Wohnung auch eine Flasche Grappa zu finden gewesen.

Draußen war es immer noch totenstill. Es war jetzt kurz nach sieben Uhr morgens. Der Vorhang des Schlafzimmers war halb geöffnet, sodass Matteo das Wetter sehen konnte. Der Tag war verhangen. Normalerweise brachte der Frühling viel Sonnenschein und bald viel Wärme. Aber dieser Frühling ließ sich langsam an. Das war gut für die Vegetation, aber schlecht für die Kinder, die gerne draußen gespielt und getobt hätten.

Mit Spielen und Toben war es ohnehin so ziemlich vorbei. Die Mütter gaben acht, dass die Kinder, die seit ein paar Wochen nicht mehr zur Schule gehen durften, ihre Kontakte kannten. Große Gruppen waren verboten. Das galt ebenso für die Erwachsenen. Es war klar, dass die Jungen besonders unter diesem Verbot litten, wenn sie sich amüsieren wollten.

Der Mensch war ein soziales Wesen. *Animal sociale*, wie bereits ein Philosoph der Antike festgestellt hatte. Nun, darüber konnte man streiten. Matteo fand, dass es in der modernen Welt nicht besonders sozial zu- und herging. Jeder pflegte seine eigenen Interessen. Aber es stimmte schon, was Aristoteles gemeint hatte. Die Menschen strebten nun einmal zueinander, sie suchten ihresgleichen, um sich in ihresgleichen zu spiegeln und zu erkennen, und vielleicht trieb sie auch die Angst vor ihrer Vergänglichkeit dazu, immer wieder Anschluss zu schaffen.

Ein anderer Philosoph, Immanuel Kant, der zweitausend Jahre später lebte, nämlich in der Zeit der europäischen Aufklärung, definierte die Lebenswelt des Menschen als ungesellige Geselligkeit.

Matteo musste zugeben, dass ihm diese Definition besser gefiel. Schon als Kind hatte er sich regelmäßig in seine eigenen vier Wände zurückgezogen. Das meinte weniger das eigene Zimmer, das er sich schon als Sechsjähriger gegen den Widerstand der Eltern und der Großeltern erstritten hatte, sondern vor allem den eigenen Kopf. Nicht nur die Eltern hatten ihm immer wieder seinen Eigensinn vorgeworfen. Sie hatten recht. Wenn Matteo das Gefühl hatte, dass sein Kopf eine bestimmte Richtung gefunden hatte, die als gut befunden worden war, dann gab es keine Kompromisse mehr.

In der Schule und später in der Berufslehre zum Buchhändler ging Matteo eigener Wege. Er achtete seinesgleichen, aber er machte sich nicht zum Idioten. Er achtete auch seine Lehrer, wenn sie etwas konnten und ihre Autorität mit Herzenskraft verbanden, aber er war kein Schmeichler, der damit seine Position verbessern wollte.

Matteo stand auf. Der Schwindel war weg. Er ging ins Badezimmer und fand den Fiebermesser. Der Fiebermesser musste uralt sein, er wog schwer und war mit Quecksilber gefüllt. Viel später wurde bekannt, dass Quecksilber ein Gift war, das schwere Schäden verursachen konnte. Matteo erinnerte sich seither immer wieder an dieselbe Geschichte. Er war krank gewesen. Die Mutter hatte die Temperatur gemessen, die hoch gewesen war. Danach hatte sie den Fiebermesser auf Matteos Nachttisch gelegt, wo sich ein Buch mit Heldengeschichten befand. Als Matteo das Buch zu sich ziehen wollte, fiel der Fiebermesser auf den Steinboden.

Achtung! Der Fiebermesser! Wie dumm!

Der Fiebermesser war augenblicklich in die Brüche gegangen. Das war dumm, jedoch weiter nicht schlimm. Als aber Matteo genauer auf den Boden schaute, sah er, wie dort viele kleine silberne Kugeln lagen.

Matteos Schwester hatte das Splittern von Glas gehört und war ins Zimmer gerannt. Auch sie sah, wie sich ein Teil des Inhalts des Fiebermessers auf dem Steinboden verteilt hatte. Sie kniete nieder und berührte eine der Kugeln mit dem Finger. Sofort machte die Kugel einen Satz, als wäre sie elastisch gewesen. Matteo hatte von oben zugesehen und gelacht, worauf die Schwester ebenfalls lachte. Dann versetzte sie einer größeren Kugel einen Stups. Diese rannte auf eine kleinere zu und verband sich blitzartig mit ihr zu einer noch größeren Kugel. Und so fort.

Als die Mutter ins Zimmer gekommen war, stieß sie einen Schrei aus. Die Mutter ahnte, dass das silberne Zeugs nicht harmlos war. Es war Quecksilber. Später wurde das Quecksilber abgeschafft, und schließlich gab es nur noch digitale Fiebermesser. Man steckte sie in den Mund, und bereits nach wenigen Sekunden zirpte es und der Messwert erschien im Display.

Matteo hielt den Fiebermesser im Mund. Das Gefühl war nicht angenehm. Erstens schmerzte der Hals. Zweitens war es schwierig, das Gerät immer ruhig unter der Zunge zu halten. Nach fünf Minuten gab Matteo auf und holte den Fiebermesser heraus. Er versuchte abzulesen, bei welcher Zahl sich der blaue Bereich vom weißen Bereich abgesetzt hatte. Das war mit einer Anstrengung verbunden. Matteo rang um Luft. Schließlich las er den Wert korrekt. 38 Grad. Also, wie die Ärzte sagten, wenn sie keinen Schrecken verbreiten wollten: *Etwas Temperatur.*

Fieber, aber noch im gelben Bereich.

Halb so schlimm. Es war durchaus möglich, dass Matteo die Seuche so überstehen würde, dass er sie am Ende wie eine Grippe empfunden hätte. Es gab Lustigeres. Es gab Schlimmeres. Schlimmer zum Beispiel war gewesen, wie Matteos Frau in die Krankheit hineingesogen wurde, nachdem man einen besonders aggressiven und tückischen Tumor entdeckt hatte.

Sophia hatte seither entweder im Krankenhaus gelegen oder zu Hause, in ebendem Bett, in welchem jetzt auch Matteo lag. Das Pflegepersonal des Krankenhauses hatte Sophia auf geradezu innige Weise betreut. Das war Matteo seltsam erschienen. Wie konnte das Personal so freundlich und hingebungsvoll sein, wenn doch Zimmer an Zimmer kranke Menschen ungeduldig auf seine Hilfe warteten? Die Situation wurde erst richtig verständlich, nachdem ein Doktor Matteo darüber informiert hatte, dass diese Art von Tumor nicht nur äußerst aggressiv war, sondern in fast allen Fällen innerhalb von drei Monaten zum Tod führte.

Die Schwestern, die Ärzte und die Pfleger waren deshalb so fürsorglich gewesen, weil sie wussten, dass es bald vorbei sein würde. Ihre Fürsorge, auf die sie in jedem Fall stolz waren, weil sie ja ein Grundbestandteil ihres Berufs war, würde in diesem Fall nicht lange gebraucht werden. Also gaben sie sich besondere Mühe. Sie adelten ihre Tätigkeit mit der Hingabe echter Nächstenliebe, die hier großzügig ausgeübt werden konnte, weil sie bald für andere gebraucht würde.

Matteo hielt sich am Fußpfosten des Bettes. Er fühlte sich stabil. Er umkreiste das Bett und fühlte sich sicher. Gut. Das war schon einmal gut. Es war die Voraussetzung für vieles Weitere. Wäre schon jetzt jede Bewegung zur Mühsal geworden, wäre es mit Matteos Plänen für die nächsten Tage und Nächte vorbei gewesen. Matteo wäre ans Bett gefesselt gewesen, wie man in solchen Situationen ganz richtig sagte, und die unsichtbaren Seile hätten nicht nur seinen Körper eingeschnürt, sondern auch seinen Kopf zu umwickeln begonnen.

Das Fenster des Schlafzimmers war eine besondere Sache. Es war kein Fenster zur Welt. Nicht nur deshalb nicht, weil der Ausschnitt eine wenig spektakuläre Perspektive eröffnete. Sondern auch deshalb nicht, weil Welt ein viel zu großes Wort für die kleine Stadt war, in der Matteo seit fünfzig Jahren lebte.

Es war unmöglich, in dieser kleinen Stadt auch nur

ansatzweise Welt zu erleben. Deshalb waren ihre Bewohner spezielle Menschen. Natürlich wussten sie, dass es Welt gab. Sozusagen gleich draußen, vor der Tür. Aber zugleich wussten sie, dass es ihnen, solange sie hier lebten und arbeiteten, niemals möglich sein würde, draußen vor der Tür zu stehen.

Sie standen immer nur drinnen. Drinnen, in ihren Tätigkeiten und in ihren Gewohnheiten und in ihren Liebschaften und in ihren Familienstreitigkeiten.

Man konnte es auch anders sehen. Das Großartige am Leben in dieser Provinzstadt war doch, dass der Gemüsehändler und der Notar, die Klavierlehrerin und der Pfarrer, der Sekretär beim Grundbuchamt und die Direktorin der Leihbibliothek allesamt auf derselben Stufe standen. Sie waren sich, ganz unabhängig von ihren Tätigkeiten, gleich. Sie waren deshalb alle gleich, untereinander gleich, weil die Stadt sie gleichmachte. Wären sie von Zauberhand in eine Großstadt versetzt worden, so hätten sie sich sofort zerstreut. Sie wären ihren Ideen, Wünschen und Trieben gefolgt und hätten sich sofort in der Menge verloren.

Als Matteo das Fenster zu öffnen versuchte, spürte er den Widerstand des alten, seit Jahrzehnten verwitterten Rahmens. Es war bereits mühsam, den Knauf aus Metall zu drehen.

Nachdem das gelungen war, öffnete sich der rechte Teil des Fensters spaltbreit. Matteo begann an dem Knauf zu reißen. Und so brauchte er sicher zwei Minuten, bis sich das Fenster im vollen Winkel geöffnet hatte. Matteo schwitzte. Draußen blies ein kühler Wind. Nur keine Erkältung, dachte Matteo. Dann musste er lachen. Er war ja bereits erkältet. Aber natürlich. Es konnte noch schlimmer kommen. Viel schlimmer.

So war es gewesen, als Matteos Frau in diesem Bett gelegen hatte. Auch Sophia hatte geschwitzt. Aber das war eine Kleinigkeit gegenüber allem anderen. Nach dem ersten Aufenthalt im Krankenhaus, wo Sophia einer Chemotherapie unterzogen worden war, hatte sie wieder nach Hause gefunden. Und dann ergriff die Krankheit so von Sophias Körper Besitz, dass dieser fast täglich zu schrumpfen schien. Das stimmte durchaus, auch wenn man es nicht sehen konnte. Aber eines Nachts, als Sophia schlief und nur die Bettlampe einen schwachen Lichtkegel warf, versuchte Matteo zu sehen, wie seine Frau schrumpfte.

Er wollte tatsächlich sehen können, wie dieser Prozess vonstattenging.

Hätten die anderen von Matteos Obsession gewusst, sie hätten ihn für verrückt gehalten. Ihm, Matteo, war es hingegen darum gegangen, beobachten zu können, wie ihm ein bösartiger und gnadenloser Feind seine Liebste wegstahl. Nämlich Millimeter um Millimeter. Bis eine Größe erreicht wäre, die so beschaffen wäre, dass sie kein Leben mehr hätte nähren können.

Wer sich im dritten Stock des Hauses, in dem Matteo wohnte, aus dem Fenster lehnte, musste aufpassen. Lehnte sich der Besucher zu weit hinaus, so konnte ihn ein Schwindel erfassen. Das Haus war hoch gebaut. Es stammte aus alten Zeiten und besaß dicke Mauern und hohe Räume.

Jedenfalls, Schwindel konnte entstehen, der dadurch hervorgerufen wurde, dass sich die Gasse gegen ein paar Seitengassen so verzweigte, dass man wie auf ein dunkles Labyrinth aus Steinwerk und Schatten hinunterstarrte. Ein ideales Versteck für den Minotaurus, hatte Matteo gedacht, als er sich wieder einmal diesem Nervenkitzel aussetzte.

Davon war er weit entfernt. Er beugte sich vorsichtig nach vorn, um den Kopf so weit drehen zu können, dass er den Magnolienbaum sehen konnte, der im Garten eines Nachbarhauses wuchs. Obwohl es diesig und verhangen war, schien die Magnolie vor Kraft zu strotzen. Die wie längliche Eierschalen geformten Blüten hatten sich schon weit geöffnet und zeigten das typische Farbmuster zwischen Altrosa und Weiß.

Während die Stadt im Bann von Krise und Seuche stand und kaum noch ein und aus wusste, trotzte die Magnolie aller Unbill und hielt sich aufrecht wie das blühende Leben.

Falsch. Sie war das blühende Leben. Diese Ungleichzeitigkeit zwischen verschiedenen Formen und Verfallskurven des Lebens hatte Matteo zeitlebens fasziniert. In diesem Moment ging es auch nicht darum, die Magnolie als Magnolie zu bewundern. Es ging darum, sehen zu können, wie sich der straffe und kräftige Baum von allem abzuheben schien, das ihm seine Umgebung hätte antun können.

Als Matteos Großmutter gestorben war, war Matteo zwölf Jahre alt gewesen. Die Großmutter war eine strenge Frau gewesen, der man aber sofort nach ihrem Tod noch das Adjektiv *gütig* hinterherschickte.

Matteo war gegen seinen Willen in das Schlafzimmer der Großeltern geführt worden, wo die Tote auf dem Ehebett aufgebahrt lag. Der Großvater konnte sich kaum fassen. Immer wieder zog er ein riesiges Schnupftuch aus der Hosentasche und wischte sich die Tränen vom Gesicht. Matteos Mutter schien gefasster. Matteo bekam den Eindruck, dass es ihr in diesem Augenblick wichtiger war, beobachten zu können, wie sich ihr Sohn am Totenbett ihrer eigenen Mutter verhielt, als dieser Mutter nochmals ein paar Verbeugungen und Tränen zu widmen.

Als ein Priester ins Schlafzimmer trat, wurden die Verhältnisse noch komplizierter. Dieser, ein routinierter Diener Gottes ohne philosophische Ambitionen, griff mit der Hand einen silbernen Sprengel, den er in ein kleines Becken mit Weihwasser tauchte, worauf er mit lateinischen Beschwörungen um das Bett herumlief und die Großmutter benetzte.

Wenn Matteo ehrlich mit sich war, musste er zugeben, dass er damals, in der Stunde der Andacht, weder alles gesehen noch alles begriffen hatte. Aber wenig später legten die Gedanken los. Sie kreisten um die erwähnte Gleichzeitigkeit des Ungleichzeitigen.

Oder weniger hochgestochen, es war doch so, dass sich das Leben in diesem Totenzimmer in sehr verschiedenen Gestalten ausgedrückt hatte. Von der toten

Großmutter, die demnach gar nicht mehr wirklich die Großmutter war, sondern lediglich deren Hülle, über den weinenden Großvater und die scharf beobachtende Mutter bis zum Priester in seiner perfekten Dienstfertigkeit bot das Leben einen Theaterbogen auf, der, so schien es Matteo später, ausschließlich für ihn gespannt worden war.

Sollte er sich ankleiden? Sollte er dem Tag so entgegentreten, wie er es seit mehr als einem halben Jahrhundert praktizierte? Oder sollte er der Krankheit entgegenkommen, sie willkommen heißen, sie umschmeicheln und herzen, damit sie gnädiger mit ihm verführe?

Matteo hielt sich an die Gewohnheit. Die Gewohnheit war buchstäblich Gold wert. Sie war das Gerüst und der Boden, auf dem sich das Leben drehen konnte. Mal heiter und beschwingt, mal schleppend und krank. Matteo wusste nicht, was die Leute hatten, wenn sie gegen sogenannte Gewohnheitstiere zu Felde zogen. Vermutlich fehlte es den Kritikern an eigener Kraft, Ordnung und Willen in ihr Leben zu bringen. Oder war das ungerecht? Hatte wirklich jeder und jede nicht nur die Voraussetzungen, sondern auch die Chancen dafür? Wie sollte ein Clochard, ein Bettler auch nur einen Hauch von Ordnung in sein Leben bringen können? Umgekehrt konnte auch er auf gewisse Gewohnheiten nicht verzichten, sonst wäre sein Dasein unerträglich geworden.

So hieß es, sich zu waschen, sich anzuziehen, zu frühstücken. Matteo ließ die Dusche laufen, bis das

Wasser seine rostbraune Farbe verloren hatte. Dann seifte er sich mit einer Seife ein, die er gewohnheitsmäßig in einem Laden kaufte, der nicht nur Seifen und Schwämme und Küchentücher und Putzlappen und Besen, sondern auch Schraubenzieher und Zangen und Schläuche und Pinsel und hundert andere Dinge feilbot. Während sich Matteo einseifte, fühlte er, dass sein Körper eigentlich noch jugendlich war.

Du findest dich zu gut.

Das war ein Beichtgedanke, der sein Hirn mindestens zweimal pro Woche besuchte. Sicher, Matteo war recht zufrieden mit seiner Vitalität. Ein Buchhändler, der so lebte, als sei er ein altes, beriebenes, sauer riechendes Buch zwischen anderen Büchern dieser Art, war eigentlich eine Witzfigur. Von diesen Witzfiguren gab es allerdings viele.

Und woran lag das? Es lag nicht nur an der Materie. An den Büchern, die nun einmal an sich schon zur Trägheit neigten, wenn man sie nicht zu lesen begann. Es lag auch daran, dass es immer weniger Buchhandlungen gab, vor allem solche, die auch ein Antiquariat führten, weil die Bücher über das Internet versandt wurden und so leider ohne die heilende Kraft von vermittelnden, Bescheid wissenden Buchhändlerinnen und Buchhändlern an ihre Zieladresse gelangten.

Es war nicht der Vater gewesen, der Matteo zur Eitelkeit erzogen hätte. Der Vater war Beamter bei der Eisenbahn gewesen. Ein mürrischer, aber im Grunde liebevoller und besorgter Ehemann und Vater, der wie die meisten Ehemänner und Väter schnell und auch zum eigenen Vorteil begriffen hatte, dass es besser war, der Frau im Haus den Vortritt zu lassen. Hätte der Vater, um in der Arbeitswelt dieses spezifischen Vaters zu bleiben, einzelne Weichen und Signale zuverlässig richtig gestellt, so wäre die Mutter die kraftsprühende Lokomotive gewesen, und die Kinder hätten sich, je nach Anzahl und Geschlecht, auf die nachgezogenen Wagen verteilt.

Wer aber sollte hier und jetzt darüber nachdenken, ob er eitler oder weniger eitel war, wenn doch eine bösartige Seuche angeklopft hatte? Matteo holte den alten Föhn aus der Schublade. Er heulte laut, während die Haare nach allen Richtungen flogen, bis sie Matteo mit einem nach Kölnischwasser riechenden Gel an ihren Ort rückte.

Wenigstens hören sie mich.

Wenigstens hörten sie ihn so, als ob alles normal wäre. Die Frau Professor im vierten Stock, der Besitzer einer Tankstelle im ersten Stock, der Vertreter für Lederwaren im Ruhestand. Es war seltsam. Man dachte an andere Leute und ging stillschweigend davon aus, dass diese Leute nun gerade auch nichts anderes taten, als an einen zu denken. Dabei war es in den meisten Fällen so, dass man völlig unbemerkt blieb. Außer man war aufgefallen. Hatte ein Eifersuchtsdrama begangen. Die Straßenmusiker von oben mit Speiseöl begossen. Im Rausch die falsche Tür erwischt.

Das Frühstück bestand aus zwei Scheiben Brot, etwas Butter und Marmelade. Danach noch ein Stück Pecorino und ein Joghurt. Nicht zu vergessen die Vitamine, säuberlich aufgereiht in der Plastikbox. Und weil es weiß Gott nicht das erste Mal war, dass sich Matteo unwohl fühlte, nahm er zum Tee eine Tablette Aspirin.

Das war auch gut für das Herz. Die Meinung war gemacht, sie war längst allgemein geworden.

Dem widersprach ein guter Kunde, der sich für englische Literatur und für Okkulta interessierte. Er war Internist, verdiente gut und genoss das Leben eines exzentrischen Junggesellen, der nicht in die kleine Stadt passte und gerade deshalb mit Wohlwollen aufgenommen worden war. Nicht zu viel Aspirin. Die Botschaft war klar, weil der Internist die Erklärung geliefert hatte. Aspirin war zwar gut für das Herz. Unter der Voraussetzung, dass man ein Herz hatte, das solche Begleitung nötig hatte. Aber Aspirin war weniger gut für den Magen. Basta.

Es hatte sich so oder so gelohnt, dass Matteo mäßig lebte. Matteo war kein Verächter von Lebensfreuden. Er gönnte es dem Internisten, dass dieser einmal im Monat in die Metropole fuhr, in einem guten Hotel logierte und die Nacht nicht allein verbrachte. Er gönnte es Luisa, die ein rustikales Restaurant ganz in der Nähe führte, dass sie ausgiebig vorkostete, was sie ihren Gästen servieren würde. Luisa war dick wie ein Fass geworden. Er gönnte es seiner Nichte Carla, dass sie sich mit ihrem Ersparten einen schicken kleinen Wagen gekauft hatte, mit dem sie elegant durch die Gassen kurvte.

Was gönnst du dir? Gönnst du dir überhaupt etwas?

Es fiel Matteo schwer, sich selbst zu beantworten, was er sich im Leben gegönnt hatte und was er sich im Leben weiterhin gönnte. Hätten ihn andere gefragt, wäre er noch verlegener geworden. Die Frage hätte impliziert, dass er sich zu wenig gönne. Er lebe das unauffällige Leben eines gewissenhaften Menschen, der Buchhändler sei, die Literatur kenne und seine Kundschaft immer freundlich behandle – das hätte er geantwortet. Aber einmal war ein Mann in den Laden gekommen, der wichtiggetan und mit dem Spazierstock auf den Boden geschlagen hatte.

»Was? Sie haben keine frühe Ausgabe des Decamerone? *Wie peinlich!«*

Matteo war wütend geworden und hatte dem Eindringling die Tür gewiesen.

Ja, gönnst du dir etwas? – Vermutlich war die Frage falsch gestellt. Oder sie war überhaupt eine falsche Frage. Es war klar, dass eine falsche Frage in jedem Fall eine falsche Antwort erzeugen würde. Das war ein *circulus vitiosus.* Ein Teufelskreis. Denn bei Licht besehen war Matteo zufrieden mit sich selbst und mit seinem Leben. Er hatte einen schönen Beruf. Er wohnte ordentlich. Er verdiente genug, dass es für dieses Leben reichte. Und ein Schlemmer war er nie gewesen. War ihm langweilig oder traurig oder leer oder öd zumute, so konnte er sich ein Buch aus den Regalen greifen, und schon ging die Reise los.

Die Hausbibliothek von Matteo war nicht besonders groß. Aber sie umfasste alles, was Matteo brauchte, um sich bilden oder unterhalten oder verlieren zu können. Und wenn es einmal nicht reichte, war die Buchhandlung der richtige Ort.

Nach Geschäftsschluss und manchmal auch am frühen Morgen wanderte Matteo die Gestelle entlang, bewunderte das Genie der großen Klassiker, klopfte den Historikern auf den Rücken, die über die Geschichte der Französischen Revolution geschrieben hatten, zog einen kleinen Band hervor, der Gedichte von Ungaretti enthielt, pustete den Staub weg, der sich auf den Kopfteil eines Lexikons gesetzt hatte, oder schaute zur Decke, wo seitwärts immer noch ein paar Regale klebten, die nur zu erreichen waren, wenn man eine alte Leiter aus Holz anlehnte, die gefährlich wackelte, wenn sie bestiegen wurde.

Matteo ging zurück ins Badezimmer und rasierte sich. Er rasierte sich immer noch, wie man inzwischen spöttisch zu sagen pflegte, von Hand. Sorgfältig zog er Bahn um Bahn über das Gesicht und unter das Kinn, bis alles seine Richtigkeit hatte. So hatte sich der Großvater rasiert. So hatte es der Vater übernommen. So machte es Matteo. Solange er nicht zitterte, war dies die angebrachte Methode. Auch deshalb, weil sie die beste Wirkung erzielte. Man durfte dabei allerdings nicht gleichzeitig an Szenen aus Mafiafilmen denken. Sonst begann man selbst zu zittern. Zum Schluss kam das Rasierwasser, das vor allem dazu da war, die Haut zu desinfizieren. Der angenehme Geruch war eine Nebenwirkung.

Seit die Seuche sich verbreitet hatte, waren viele und vielerlei Verbote erlassen worden.

Damit wollte man verhindern, dass sich die Ansteckungen immer heftiger verbreiteten. Diese Maßnahmen waren allesamt sinnvoll. Matteo hatte Vertrauen in die Ämter. Andererseits beschnitten sie den Alltag auf nie dagewesene Weise. Mittlere und kleine Unternehmen litten unter der Quarantäne. Ladengeschäfte, die von der Laufkundschaft lebten, hatten schließen müssen. Alle, die nur irgendwie mit Sport, Vergnügen, öffentlicher und privater Kultur, Nachtleben zu tun hatten, saßen plötzlich auf dem Trockenen.

Das war das eine. Das andere war, dass die meisten Menschen diese und andere Möglichkeiten gar nicht so sehr vermissten. Die Seuche war bereits so mächtig geworden, dass sich eine Überlebensvernunft in den Gemütern festgesetzt hatte.

Ob diese Vernunft immer vernünftig war, durfte man natürlich fragen. Schließlich lebte man in einem demokratischen und freien Land. Aber der Reiz, einem Fußballspiel oder einem Konzert beizuwohnen, zu tanzen und zu lachen, zu promenieren und zu küssen, wurde schwächer. Es war, als ob ein Hauptschalter des Namens *Schutz und Sorge* die anderen Schalter des Namens *Leben nach Lust und Laune* unterbrochen hätte.

Die Furcht, angesteckt zu werden, wurde größer. Das hatte auch damit zu tun, dass sich die schlechten Nachrichten ihrerseits wie eine Seuche zu vermehren schienen. Schon vor Wochen hatte Matteo von Freunden und Nachbarn Geschichten gehört, die zur allgemeinen Verstörung beitrugen.

Ein kleines Kind war gegen Mittag mit starkem Husten aufgefallen. Wenn man es anfasste, war das Fieber wie ein Wärmekissen zu fühlen. Das Kind wurde zum Hausarzt und kaum eine Stunde später in die Klinik gebracht. Von Sprechen war keine Rede mehr. Bald war es auch mit dem Ansprechen vorbei. Das kleine Kind wurde in ein künstliches Koma versetzt und künstlich beatmet. Die Hoffnung bestand, dass die Körperkräfte Gegensteuer geben würden. Sie wurde enttäuscht. Sieben Tage nach der Diagnose der Seuche starb das Kind, ohne dass es noch von seinen Eltern hätte verabschiedet werden können.

War die Seuche eine Plage?

Nachdem sich Matteo angekleidet hatte, wollte er nunmehr sein Tageswerk beginnen. Das war ein großes Wort. Aber in schlechten Zeiten konnte es nicht schaden, auch einmal Pathos zu spielen.

Seit einer Woche hatte Matteo seinen Plan gefasst. Er hatte ihn im Zeichen der Zeit gefasst, die sich hier und anderswo und auf der ganzen Welt auf das Unheil hin zu beschleunigen schien. Überdies erhielt der Plan Unterstützung durch die Tatsache, dass die Buchhandlung geschlossen war. Es war nicht mehr erlaubt, Matteos Buchhandlung zu betreten und den Buchhändler zu begrüßen und ihn nach Dante oder nach Dostojewski zu fragen. So hatte Matteo, sofern er nicht von der Seuche niedergerungen würde, alle Zeit der Welt.

Der Plan war der folgende. Matteo würde sich ein paar Bücher zur Seele nehmen, die sich zu früheren Zeiten mit der Seuche befasst hatten. Bücher, die in der einen oder anderen Weise, gelehrt oder eher lyrisch, konzis oder romanhaft, die Seuche behandelt hatten. Und zwar so, dass daraus zu lernen war, auch und gerade dann, wenn nichts daraus zu lernen war.

War die Literatur nicht der Spiegel des Lebens? Genau wie die Kunst ein Inbild des Menschlichen und des Allzumenschlichen war? War sie nicht die große und immer weiter um sich greifende Metapher auf unser aller Dasein?

Wenn das stimmte, und Matteo hatte nicht den geringsten Zweifel, dass es stimmte, dann war die Literatur auch der Spiegel des Sterbens. Das Inbild des Vergehens und der Vergänglichkeit. Genau wie die Kunst war die Literatur das *theatrum mundi*, das Welttheater, auch und gerade da, wo sie dem Ende huldigte und huldigen musste, weil das Ende, so bitter und schmerzend es meistens war, das Leben erst in seiner Vollständigkeit und Tiefe begreifbar machte.

Matteo, gekleidet in eine Flanellhose aus dunklem Grau, ein weißes Hemd sowie einen wärmenden Pullover, ging ins Wohnzimmer, an dem seit Sophias Tod nichts mehr verändert worden war, streifte mit kurzem Blick eine Radierung von Piranesi und steuerte zum Regal.

Er brauchte nicht lange zu suchen. Als Freigeist war er nicht darauf verpflichtet, dass dieses Buch in der Nähe des Betts liegen musste. Aber es stand an prominenter Stelle im Regal. Gleich neben einem Sessel aus Plüsch. Das erste Buch in der Folge seines Plans war die *Heilige Schrift*.

3

Eine Tante hatte sich lange Zeit gewünscht, dass Matteo Priester werde.

Der Wunsch war in der Familie mit gemischten Gefühlen aufgenommen worden. Der Vater, ein Mann von nüchternen Ansichten, der politisch links stand und Wohltaten für die irdischen Verhältnisse verwirklichen wollte, fand die Idee abstrus. Die Mutter fand sie verlockend. Ein Priester als Sohn hatte vielerlei Vorteile.

Da war der Respekt, der dem Amt und seinen direkten Verbindungen zum dreifaltigen Gott entgegengebracht wurde. Da war weiter die Gewissheit, dass der Sohn der Familie die Absolution erteilen konnte. Die Sünden wurden gebeichtet, der Sohn murmelte die Gebete, die Absolution war erteilt, indem der Sohn als Priester das Kreuz schlug.

Weiter hatte ein Kirchenmann mehrere exklusive Privilegien in materieller Hinsicht. Auch wenn er grundsätzlich im Geist der Selbstlosigkeit leben sollte, hatte er immer genug zu essen. Seine Garderobe war sichergestellt. Möglicherweise sogar sein Auto. Und schließlich war es auch von Vorteil, dass er durch das Zölibat Junggeselle bleiben würde. Damit kam keine fremde Frau ins Haus, die der Mutter die Rolle der Königin der Familie streitig gemacht hätte.

Es lag damals in der Natur der Sitten und Gewohnheiten, dass Matteo erst als Letzter gefragt worden wäre, ob er Priester werden wolle. Gleichwohl war es wichtig, ihn darauf einzustimmen.

Die Tante begann ihr Werk schon früh. Es kam vor, dass Matteo ein paar Tage in ihrem Haus verbrachte. Das galt als Ferien. Ferien bei der Tante waren damals nicht abwegig. Man reiste noch nicht auf die Malediven.

Zwar ging es bei der Tante auch nicht viel anders zu als zu Hause. Aber es gab doch handfeste Unterschiede. Zum Beispiel roch es anders. Die Möbel, die Teppiche, die Zimmer, die Kleider, die Speisen, alles roch etwas anders. Manchmal besser, manchmal miefig. Aber auch das Essen schmeckte anders. Und weil die Tante Matteo viel Zeit ließ, sein Essen zu sich zu nehmen, geschah das Folgende.

Wenn das Essen schmeckte, schmeckte es besser als zu Hause. Matteo hatte mehr Zeit, es zu genießen. War es schlecht, wurde die Sache schwierig. Die Tante ließ keine Ruhe, bis der Rosenkohl den Teller verlassen hatte. Am Ende, dachte Matteo, glich die Bilanz der Bilanz von zu Hause.

Doch nicht durch den Gaumen, vielmehr durch Kopf und Seele wollte die Tante Matteo verführen. Es kam vor, dass Matteo schlecht träumte, wenn er bei der Tante Ferientage verbrachte. Plötzlich erwachte er mitten in der Nacht schweißgebadet, weil er von großen Drachen geträumt hatte, die im Sturzflug auf ihn niederkamen. Ein Schrei markierte den Übergang ins Erwachen.

Der Schrei war immer auch das Signal für die Tante. Die Tante holte Matteo in ihr Bett und redete beruhigend auf ihn ein. Manchmal war Matteo hellwach. Manchmal befand er sich im Halbschlaf. Wie immer Matteos Zustand war, die Tante begann mit Gebeten. Sie holte ihren Rosenkranz, der stets wie ein Revolver zur Rettung der Seelen auf ihrem Nachttisch lag, wickelte ihn um die rechte Hand und griff mit der linken Hand die Perlen. Dabei sprach sie Gebete und Litaneien.

Damit, so hoffte die Tante, würde Matteo nicht nur auf den rechten, sondern auch auf den richtigen Weg gelangen. Die christlichen Klänge der Litaneien des Rosenkranzes würden ihn impfen. Einerseits gegen die Versuchungen des Teufels, andererseits für die Aufgaben der heiligen Kirche. Das war der Plan, in den auch die Mutter eingeweiht war, während Matteo schwören musste, dass er dem Vater kein Wort von diesen Künsten erzählte.

»Wie geht es dir?«

Das Telefon hatte gebrummt. Matteo legte die Bibel, die er soeben aus dem Regal gezogen hatte, auf einen Tisch und versuchte, möglichst genau zu schildern, wie es ihm ging. Der Freund am anderen Ende der Leitung, wie man es früher genannt hätte, war Arzt für Allgemeinmedizin in der Nachbarstadt. Es gehe ihm nicht schlecht, sagte Matteo.

»Bist du sicher?«

Nein, Matteo war alles andere als sicher. Aber es hatte keinen Sinn, den Freund mit Berichten in Unruhe zu versetzen, die einem objektiven Befund nie und nimmer genügen könnten.

Der Arzt, Max, hörte schweigend zu. Als Matteo zu Ende referiert hatte, schwieg er noch immer. Dann begann er zu sprechen. Matteo konnte die Besorgnis förmlich greifen, die sich am anderen Ende der Leitung verdichtete.

Die Lage werde immer ernster. Daran sei kein Zweifel. Die Krankenhäuser seien bereits übervoll. Das Personal arbeite am Anschlag. Er, Max, habe sich freiwillig zum Dienst gemeldet. Seine Praxis sei nur noch während zwei Stunden des Vormittags geöffnet. Dann disloziere er ins Krankenhaus und helfe im Notfalldienst.

Erst gestern, so Max, sei ein Mann gestorben, der kaum älter als vierzig gewesen sei. Die Frau des Mannes, nun seine Witwe, habe unter Tränen erzählt, dass ihr Mann, ein diplomierter Reisebegleiter, vor drei Wochen die Stadt Venedig besucht habe. Sie habe ihn angefleht, davon abzusehen, aber ihr Mann sei fest geblieben, denn, so habe er gesagt, es werde von ihm erwartet. Die Firma, der es schon schlecht genug gehe, erwarte das.

»Und dann, was passierte dann?« – Matteo war neugierig geworden. Der Arzt erzählte weiter, mit sterbensgrauem Ton in der Stimme, wie der Reisebeglei-

ter, immer nach Aussage seiner Frau, die Stadt Venedig durchlaufen habe, geprüft habe, zu welchen ungewohnten und überraschenden Winkeln er seine asiatischen Besucher führen könnte, welche Restaurants immer noch einen guten Eindruck machten, welche Hotels man meiden solle, weil sie von den Touristen verseucht seien, und wo man länger anstehen müsse, um Einlass zu finden für die Zauberwelt der Sehenswürdigkeiten der Stadt Venedig. Als der Mann am letzten Abend seiner Inspektion ins Bett gestiegen sei, sei plötzlich ein starker Husten aufgetreten.

»Wie bei mir.« Matteo wollte lachen. Aber das Lachen blieb ihm im Hals stecken. Max hörte es und sprach weitere Warnungen aus. Die Warnungen waren nutzlos, weil sie Matteo ohnehin längst befolgte.

Dann begann Max darüber zu spekulieren, wie diese Krise oder Seuche überhaupt und als Ding an sich in die Welt kommen konnte. Matteo musste zugeben, dass ihn das interessierte. Aber er war zu wenig robust, dem Redeschwall des Arztes zu folgen.

Max begann gewissermaßen bei Adam und Eva, dann referierte er über den Unterschied zwischen Viren und Bazillen, dann schilderte er Zustände von Hygiene, die das reinste Gegenteil von Hygiene waren. Er machte einen Bogen nach Asien, erwähnte, dass gewisse asiatische Völker geradezu als Allesfresser bezeichnet werden könnten, erwähnte dabei auch, dass von Despoten regierte Völker in Fällen von Krisen und Seuchen schneller geschützt werden könnten, und endete mit dem Ausrufezeichen, dass die Hygiene auch im eigenen Land ein Kapitel für sich sei. An diesem Punkt angelangt schien Max, der Arzt, ein Blutdruckpatient geworden zu sein.

Matteo wünschte dem Freund viel Gutes. Er möge gesund bleiben. Er dürfe sich nicht zu Tode arbeiten. Er müsse darauf achten, dass er einen Rhythmus finde, der keinesfalls in der Explosion auslaufe.

»Mit Gottes Hilfe wird es gelingen.«

Max war laut geworden. Hätte Matteo in Maxens Stimme nach einer Spur von Ironie gesucht, so hätte er nichts gefunden. Rein nichts.

Die *Heilige Schrift* war ein gewaltiges Werk. Nicht zu Unrecht nannte man sie das Buch der Bücher. Sie war eine Summe dessen, was sich zwischen Himmel und Erde bewegen konnte. Matteo wusste, was er dort suchen musste.

Mose und Aaron taten, wie ihnen der Herr geboten hatte, und Mose hob den Stab und schlug ins Wasser, das im Nil war, vor dem Pharao und seinen Großen. Und alles Wasser im Strom wurde in Blut verwandelt.

Das waren, wie Matteo in guter Erinnerung hatte, seit sie der Pfarrer im Religionsunterricht ausführlich behandelt hatte, die zehn biblischen Plagen. Mit zehn schrecklichen Krisen oder Plagen oder Katastrophen wurden die alten Ägypter bestraft, weil ihr Pharao die Juden und ihren Anführer Moses nicht aus der Sklaverei ins Gelobte Land ziehen lassen wollte.

Schon damals, als Matteo die Schilderungen las, wie sie im Zweiten Buch Mose des Alten Testaments knapp, aber unerhört eindringlich geschildert wurden, war er fasziniert. Matteo war gepackt von den Vorgängen und mehr noch davon, dass die Israeliten offenbar einen Gott besaßen, der ihnen zu Hilfe eilte, wenn die Not am größten war. Jahwe, der verborgene Gott, der zürnen konnte, aber auch schenken konnte und Gnade aussprach, hatte Moses und Aaron in einem entscheidenden Moment der Geschichte des jüdischen Volks die Mittel in die Hand gegeben, sich durchzusetzen.

Matteo saß in seinem Sessel. Er lächelte. Er fühlte sich weder richtig krank noch richtig gesund, aber in diesem Moment war er entspannt und lächelte.

Hatte er als Kind wirklich daran geglaubt? Daran geglaubt, dass diese Dinge, die für die Feinde der Juden furchtbare, ja unvorstellbare Dinge brachten, sich wirklich so abgespielt hatten?

Er versuchte, sich zu erinnern. Versuchte, die Stunden aufzurufen, in denen der Pfarrer in einem kahlen Raum der Schule den Unterricht erteilte. An der Wand hing das Kreuz. Es war ein Kreuz aus schwarzem Holz. Einfach und schlicht. Christus war von diesem Kreuz bereits herabgekommen. Oder er war noch gar nicht emporgezogen worden. Jedenfalls, das Kreuz war nackt. Viel symbolischer konnte es nicht sein.

An der Gegenseite hing ein Gemälde. Es war eine Reproduktion. Es zeigte die Heilige Mutter Gottes in einem Abzug eines berühmten Bilds, das ein berühmter Maler gemalt hatte, der übrigens, wie der Pfarrer einmal erklärt hatte, an der Pest gestorben sei.

Die Mutter Gottes war ein Fest für die Augen. Die Farben leuchteten. Das Gesicht strotzte vor Güte. Man konnte es nicht anders sagen. Die Mutter Gottes hielt ihren Sohn im Arm, und auch er war voller Güte. Hier das pechschwarze Kreuz. Dort die heilige Maria in ihrer weltzugewandten Glorie. Zwischen diesen beiden Polen, zwischen dem Tod am Kreuz und der Gnade des Erlösers und seiner Mutter, bewege sich jedes Leben, sagte der Pfarrer.

Wenn der Pfarrer aber über das Alte Testament sprach, veränderte sich seine Stimme. Die Haltung wurde straffer, kräftiger, fast kriegerisch, wenn er zuerst aus dem Alten Testament laut deklamierte und dann mit der Klasse zu ergründen versuchte, was es damit auf sich hatte.

Die ganze Klasse hielt die alten Ägypter für böse. Sie waren verdorben, ein böses, heimtückisches Volk, das die Juden knechtete und drangsalierte. So viel war klar. Inbegriff des Bösen war der Pharao. Schon das Wort *Pharao* löste nicht nur in der Klasse, sondern auch zu Hause eine sonderbare Stimmung aus. Es klang damals hinreichend fremd, dachte Matteo, während er im Sessel saß und schwitzte, und es klang irgendwie bedrohlich. Der Pharao war ein Tyrann. Aber nicht nur das. Er war zugleich und mehr noch die Verkörperung eines Gottes. Seines Gottes.

Das war es. Während der Pharao der Sohn des Sonnengottes war und damit bereits ein falscher Prätendent, war Moses der Sendungsbeauftragte des Gottes der Juden. Dieser Gott, so lehrte der Pfarrer, ohne dass ihm die Klasse auch nur im Geringsten widersprochen hätte, war auch unser Gott. Er war Gott Vater, der alles geschaffen hatte, worauf es durch die Verführungskünste der Schlange falsch zu laufen begann, worauf sich Gott Vater erbarmte und seinen geliebten Sohn, Jesus Christus, in die Welt sandte, um diese zu erlösen.

Matteo hörte ein Klopfen an der Wohnungstür. Es riss ihn aus der fernen Vergangenheit der Bibel und aus der viel näheren Vergangenheit seiner Kindheit zurück ins Jetzt.

Aber was war schon das Jetzt? Was war jedes Jetzt? Ein höchst fragiler Zustand, der in der Regel so schnell verschwand, wie er gekommen war, um vom nächsten Jetzt abgelöst zu werden. Matteo hatte bei einem Mystiker gelesen, dass die reine und von allem losgelöste Erfahrung des Jetzt einen direkten Zugang zu Gott schaffe. In einem solchen Jetzt tausendmal mehr als in vielen Stunden frommer Gebete auf den Knien, so der Mystiker, könne es gelingen, Gott zu begegnen, ja ihn geradezu zu sehen. Dazu müsse man übrigens nicht einmal völlig reinen Herzens sein, denn seit dem Sündenfall und der Vertreibung aus dem Paradies sei grundsätzlich kein Mensch mehr völlig reinen Herzens.

»Ich stelle ein paar Dinge vor Ihre Türe. Passen Sie auf

sich auf. Sagen Sie, wenn Sie etwas brauchen, indem Sie mit dem Besen an die Decke klopfen. Auf Wiedersehen.«

Die Stimme der Professorin klang energisch und klar. Die Professorin zeigte sowohl Herz wie Verstand. Das war Matteo seit dem Tag bewusst geworden, da er sie etwas näher kennenlernte. Die Professorin war eine unabhängige und selbstbewusste Dame. Sie wusste, wer sie war und was sie konnte. Sie wusste auch, dass sie die Männerwelt damit einschüchterte. Es zeugte von ihrer inneren Größe, dass es ihr egal war. Manchmal, aber ziemlich selten, war im oberen Stock Herrenbesuch zu hören. Jemand lachte mit einer Bassstimme. Matteo stellte sich vor, dass es sich nur um einen ebenso selbstbewussten und vermutlich erfolgreichen Menschen handeln konnte.

Matteo öffnete vorsichtig die Tür. Die Professorin war verschwunden, man konnte noch die Absätze weit unten im Treppenhaus hören, worauf die schwere Haustür mit einem dumpfen Knall ins Schloss schlug.

Offenbar ließ sich die Professorin noch nicht ins Bockshorn jagen. Sie mied den Kontakt mit Matteo. Das war verständlich und höchst rational. Es wäre weniger so, dass Matteo die Professorin anstecken würde, als vielmehr umgekehrt so, dass diese ihren Nachbarn hätte anstecken können. Die Jüngeren konnten angesteckt sein und dabei immer noch robust bleiben, vielleicht fast gar nichts merken, während die Älteren und insbesondere die Alten und unter diesen insbesondere jene, die bereits eine Vorerkrankung mit sich herumtrugen, dem Tod eine viel leichtere Beute sein konnten.

Vor der Tür lag ein längliches Geviert aus hellem Holz. Es wurde von vielen Lebensmittelgeschäften verwendet, die ihren Kunden solche Gestelle zur Verfügung stellten, um Früchte, Gemüse und anderes zu transportieren. Damit umging man die Invasion der Plastiksäcke, die überdies entsetzlich hässlich waren.

Matteo versuchte das Geviert zu heben. Er musste husten. Der Husten sprang weiter und lief mit einem scheppernden Echo durch das Treppenhaus. Matteo trat ins Treppenhaus hinaus. Dann schob er das Gestell mit dem Fuß über die Schwelle.

Tomaten, Kopfsalat, Fenchel, zwei Pakete Nudeln, zwei Gläser mit vorgekochter Sauce, ein Panettone, eine Flasche Wein. Das war Nächstenliebe. Es war unauffällige, unkomplizierte, ungekünstelte Nächstenliebe von einer Nachbarin, die sich nicht zeigen wollte, womit sie alles auf die Tat gesetzt und ihre Person diskret im Schatten gehalten hatte.

Wenn du das überlebst, schenkst du ihr Blumen und ein schönes Buch.

Matteo war gerührt. Er brachte die Fracht in die Diele, und von dort hob er Stück um Stück empor, um es in die Küche zu tragen und an seinen Platz zu stellen. Die Flasche stellte Matteo genau in die Mitte des Küchentischs, sodass sie aussah wie ein Stillleben eines italienischen Malers, der zu Matteos Lieblingsmalern zählte.

Matteo lief ins Badezimmer. Er hatte an Gewicht

verloren. Das war verständlich. Auch hingen nun gewisse Fleischfalten noch stärker nach unten, was ihnen ein wie aus der Natur gefallenes Relief verlieh. Wie eine Tropfsteinhöhle, dachte Matteo. So zog die Schwerkraft am Leben. Vermutlich war Newton der klügere Agent des Verschwindens gewesen, als es der von den Christen in allen Farben des Entsetzens hingemalte Schnitter Tod war.

Denn wenn man es richtig bedachte, war jedes Leben, das Leben der Menschen jedoch mit Sicherheit, ein Kampf gegen die Schwerkraft.

Was tat der neugeborene Mensch? Wenn man ihm nicht geholfen hätte, wäre er zur Erde hin geplumpst. Dort hätte er gelegen, worauf die Älteren gekommen wären, ihm zu helfen. So oder so drehte sich von da an alles darum, dass der Neugeborene nach oben, in die Vertikale, streben musste, um das Leben zu finden. Er wuchs. Er trotzte der Schwerkraft. Er zog sich hoch. Manchmal mit Grazie, manchmal mit Ächzen. Irgendwann erreichte er die Anhöhe, genannt Kulmination. Von da an ging es wieder bergab, schneller oder langsamer, je nach Konstitution, und ganz am Ende lag man im Sarg, man hatte in die Fläche zurückgefunden.

Matteo öffnete den kleinen Schrank des Badezimmers und fand ganz hinten eine Tube. Sie enthielt einen Balsam, von dem es hieß, er helfe gegen Erkältungen. Matteo presste eine größere Kugel auf die Handfläche und begann seine Brust einzureiben. Bald verbreitete sich der sehr spezifische Geruch, der ihn ebenfalls in die Kindheit zurückzubringen schien.

Nun hast du bereits mehrere Pforten in die Vergangenheit geöffnet. Ist das nicht gefährlich?

Die Brust glänzte matt. Matteo konnte nicht behaupten, dass er in diesem Zustand einem Sumoringer gleiche. Aber er sah jetzt sportlicher aus, als es seinem Zustand entsprach. Matteo hatte schon Leichen gesehen, die wie das blühende Leben in ihren geöffneten Särgen posierten. Natürlich hatten die Kosmetiker, die ein unauffälliges Geschäft betreiben mussten, weil sie im alltäglichen Leben niemand wirklich an sich herankommen ließ, das Beste gemacht. Doch selbst dieses Beste allein hätte nicht genügt, gewisse Tote so aussehen zu lassen, als stiegen sie gleich wieder aus ihren Särgen, um die Angehörigen zu begrüßen, vielleicht auch zu verfluchen.

Matteo knöpfte das Hemd zu und zog sich den Pullover über. Der Pullover war ein Erbstück. Er hatte tatsächlich seinem Vater gehört, dem er von einer Schwester zu Weihnachten geschenkt worden war. Matteos Vater hasste Geschenke. Er hasste nicht diejenigen, die ihn beschenkten, aber er hasste die Geschenke und noch mehr den Akt des Schenkens. Selbst war er immer großzügig, so weit es die bescheidenen Mittel eines Bahnbeamten erlaubten, aber Geschenke zu empfangen war nicht seine Sache.

Eines Abends, als sie unter sich waren, erklärte der Vater Matteo, warum das so war.

Es war so, und zwar fast ausnahmslos so, weil in

Matteos Vater ein Schamgefühl rebellierte. Dieses Schamgefühl war eigentlich gegen den Vater selbst gerichtet, aber es richtete sich auch gegen die Schenkenden. Matteos Vater hatte Angst, gelegentlich eine obsessive Angst, dem Schenkenden nicht die volle Freude des Beschenkten entgegenbringen zu können, weil er das Geschenk als peinlich empfand. Und zwar weniger peinlich für ihn selbst, denn man konnte ein abstruses Geschenk ja schnell zur Seite legen und auf dem Estrich verstecken, sondern peinlich für den, der schenkte und mit diesem Geschenk ein überaus peinliches Geschenk ausgesucht hatte. *Dieses* Geschenk meinte *alle* oder jedenfalls fast alle Geschenke.

Matteo setzte Fuß vor Fuß, über den Steinboden des Badezimmers, über die Schwelle aus Stein, über das alte, knarrende Parkett, über den alten, aus dem Besitz der Familie der Mutter stammenden Teppich. Als er sich in den Sessel setzte, merkte er, dass ihn die Gelenke schmerzten. Auch das war nach Programm. Es gab Medikamente, die dagegen halfen oder teilweise halfen.

Wo war er stehen geblieben? Beim Religionsunterricht. Beim Pfarrer, der die Ägypter verdammte, ohne dass er die Juden gepriesen hätte. Das war Matteo erst später, kurz nach der Pubertät, aufgefallen. Als das Nachdenken, dem Matteo seitdem auch eine sportliche Qualität zuschrieb, allmählich schärfer und genauer und damit hie und da auch verletzender wurde.

Die Ägypter waren böse. Aber die Juden waren keineswegs gut. Sie waren insofern gut, als sie sich im Sinne Gottes gegen die Tyrannei der Ägypter gewehrt und schließlich, nach langem Exil, ins Gelobte Land zurückgefunden hatten. Aber viel später sollte sich erweisen, dass auch die Juden im Herzen bös waren. Denn sie verfolgten und richteten Jesus Christus, und am Ende schlugen sie ihn ans Kreuz.

Später, Matteo erinnerte sich jetzt, wie wenn es gestern gewesen wäre, später begann ihn ein Klassenkamerad in ein umständliches und eigentlich auch unangenehmes Gespräch zu verwickeln. Matteo musste damals vierzehn Jahre alt gewesen sein. Der Kamerad argumentierte so. Warum sollten die Juden wirklich böse gewesen sein? Natürlich war es böse, den Erlöser zu töten. Andererseits, wäre der Erlöser wirklich voll und ganz zum Erlöser geworden, wenn ihn die Juden nicht getötet hätten?

Matteo hatte keine Antwort gefunden. Der Kamerad, der später Psychologe geworden war und sich eines Tages mit dem Revolver seines Bruders erschossen hatte, fuhr fort. Es sei also, so sagte er, zu beachten, dass die Juden mit der Ermordung Christi lediglich den Auftrag der Heilsgeschichte erfüllt hätten. Sie hätten folglich nichts anderes getan, als nach Gottes ureigenstem Plan zu handeln, als da in Gott der Beschluss gereift sei, seinen einzigen Sohn auf Erden zu schicken, damit dieser im Opfertod am Kreuz die Menschheit von ihren Sünden erlöse.

Matteo hatte keine Antwort gewusst.

Und sie nahmen Ruß aus dem Ofen und traten vor den Pharao, und Mose warf den Ruß in den Himmel. Da bra-

chen auf böse Blattern an den Menschen und am Vieh, sodass die Zauberer nicht vor Mose treten konnten wegen der bösen Blattern; denn es waren an den Zauberern ebenso böse Blattern wie an allen Ägyptern.

Fest stand, dass Moses im Bund mit Gott über außergewöhnliche Kräfte verfügte. So wurde er zum Übermenschen. Das Wort war nicht zu hoch gegriffen. Indem Moses prophetische, politische und praktische Kräfte in sich vereinte, die er je nach Lage und Bedürfnis machtvoll ausspielte, wurde er zur Licht- und Leitgestalt.

Aber stimmte das tatsächlich? Oder besser, war es auch gerecht, dass Moses solche Verehrung erfuhr? Matteo war Buchhändler. Er war weder Schriftgelehrter für heilige und andere Schriften, noch war er Philosoph. Doch als er auf seinem Sessel saß und den Anfang seiner Reise durch die Bücher zu den Krisen und den Seuchen überdachte, besaß er trotz der Krankheit, die in ihm hochstieg, genügend Vertrauen in sich selbst, um Moses beurteilen zu können, ohne dass er ein Spezialist war.

Das Zweite Buch Mose war eine Kampfschrift sondergleichen. Es erzählte nicht nur von der Erfolgsgeschichte der Juden, sondern auch von der Leidensgeschichte der Ägypter, nachdem diese die Juden nicht hatten ziehen lassen wollen. Die zehn biblischen Plagen waren eine um die andere furchtbar. Sie waren die Mittel, um einen Feind im Innersten zu treffen. Überhaupt kam in diesen kurzen und knappen Schilderungen mit aller Deutlichkeit zum Ausdruck, dass hier auf elementare Weise zwischen Freund und Feind unterschieden wurde.

Der ägyptische Feind hatte überdies den fundamentalen Nachteil, dass er eine Religion besaß und entwickelt hatte, die von ihrer Lehre her viel weniger drastisch zur Sache gehen konnte.

Der ägyptische Himmel wimmelte von Göttern. Das war vielleicht übertrieben, weil es natürlich auch in der Religion der Ägypter Hierarchien und Aufgabenverteilung gab. Aber die ägyptische Religion besaß nicht die geballte Kraft eines einzigen Gottes, der darüber hinaus noch ausdrücklich dazu ausrief, dass er keine fremden Götter neben sich dulde.

Es schien, als ob Matteo einnickte. Jedenfalls legte er die *Heilige Schrift*, in der er mit Erstaunen und Faszination und einer Spur Entsetzen gelesen hatte, zur Seite und seinen Kopf auf die Polsterlehne des Sessels. In diesem Sessel hatte früher Matteos Frau, Sophia, gesessen und die Zeitung gelesen. Am Sonntag hatte ihr Matteo nach dem Mittagessen einen Schemel gebracht und ein Glas Eierlikör, das er behutsam auf das Beistelltischchen gestellt hatte. Manchmal hatte Sophia Matteo einfach nur angesehen. Manchmal hatten sie geplaudert und ein wenig über gewisse Kunden der Buchhandlung gelästert. Manchmal war Sophia eingenickt, worauf nach ein paar Minuten ein feines Schnarchen zu hören war.

Matteo döste. Die Schwächung war eine böse Sache, aber sie brachte, wenn man die richtige Einstellung hatte, auch Chancen.

Zum Beispiel die Chance, in einen Zustand versetzt zu werden, der ein Ungefähr zwischen Wachen und Schlafen war, und dabei manches Gedachte, wofür man gerade noch die Kraft aufbrachte, in weitere Perspektiven zu versetzen. Das Gedachte verwandelte sich, besetzte plötzlich neue Räume, verlief sich in Hallen oder Galerien, verschwand und kehrte wieder zurück, stimmte plötzlich heiter oder im Gegenteil traurig und trieb sein Spiel unter der zunehmend wehrlosen Regie des Träumenden. Das Einzige, was er zu tun hatte, wenn er diesen Zustand genießen und von ihm profitieren wollte, war, dass er einen Rest an Widerstand gegen die Schwerkraft des Einschlafens beibehielt.

Während Moses wie in der Gestalt von Michelangelo mit erderschütternder Macht gesegnet war, sollte der Pharao nur böse sein. Ein hinterlistiger Potentat und Profiteur, den keinerlei Größe auszeichnen durfte.

Das war falsch. Vor wenigen Jahren hatte Matteo eine Reise durch Ägypten gemacht. Er hatte Kairo, Abu Simbel, Assuan und Luxor besucht, in dieser Reihenfolge. Er hatte sich zwei Tage auf einem Holzschiff über den Nil tragen lassen. Was er gesehen, erkannt und vor allem auch gefühlt hatte, war, dass die Welt der Götter der Ägypter eine bedachtsame Welt war. Sie donnerte nicht wie ein Blitz der schärfsten Vertikale von oben nach unten. Vielmehr sorgte sie da und dort und behutsam für die Vielfalt des Lebens, wie diese sich auch in dem weiten und schönen Reich der Tiere manifestierte.

Als Matteo über zehn Minuten mutterseelenallein vor dem Sarkophag des Tut-ench-Amun gestanden und auf die Mumie hinuntergeblickt hatte, da hatte er nicht viel gesehen. Aber er hatte mehr als genug gesehen. Das Leben war längst aus dem jungen König entwichen. Zugleich war es auf geheimnisvolle Weise noch anwesend. Es war da, vielleicht als Hauch, vielleicht als Illusion, und dabei verwies es auch auf das Totenreich der alten Ägypter.

Dieses Totenreich war das Gegenteil der Hölle. Es war der Friede. Und wenn Matteo richtig verstanden hatte, unterschied es auch nicht mit Feuer und Schwert zwischen Gut und Böse. Es war vielgestaltig, lebensnah, lebensfreundlich in der Fürsorge für die, die gegangen waren, überhaupt ein Paradies, dem nicht der Urteilsspruch eines einzigen tyrannischen Gottes vorausgegangen war.

Matteo spann seine Gedanken, oder die Gedanken umspannen ihn, bis ihn ein Geräusch aus dem Träumen riss. Draußen war ein Krankenwagen vorgefahren. Die Sirene hatte geheult, bis der Wagen stillstand, obwohl solcher Alarm längst nicht mehr nötig gewesen wäre. Die Straßen waren rein und leer geworden.

Matteo hörte, wie Stimmen schrien und sich gegenseitig Befehle zuwarfen. Er blieb im Sessel sitzen. Vielleicht würde jemand kommen und ihm erzählen, was geschehen war. Wenn es wirklich wichtig wäre, würde es Matteo mitbekommen.

Andererseits, gab es zu Zeiten der Seuche immer noch die feinen Unterschiede? Die Stufenfolgen zwischen weniger wichtig, wichtig, sehr wichtig, lebenswichtig? Schon möglich. Schon möglich oder sogar wahrscheinlich, dass die Ärzte und die Pfleger gezwungen waren, zwischen vielen Kategorien zu unterscheiden, um nicht nur die richtige Hilfe ansetzen, sondern auch die Patienten voneinander unterscheiden zu können.

Das war ein furchtbarer Gedanke.

War es so weit gekommen, dass Leben nicht mehr einfach Leben hieß, sondern nach seinen Überlebensfähigkeiten klassifiziert wurde? Dass die Alten und die Schwachen zur Linken, die Jungen und Starken zur Rechten des Herrn zu besammeln waren? Und wer war dieser Herr? War es am Ende einfach einer unter vielen, ein Experte unter anderen Experten, der für seinen Bereich die Sonderungen vollzog? Vollziehen musste?

Wollte es Matteo für sich selbst so weit kommen lassen? Wollte er die Krankheit so lange füttern, bis auch er zum Objekt geworden wäre? Ein Fall ohne Willen und Absicht, an dem zu entscheiden wäre, ob zu versuchen wäre, sein Leben zu retten?

4

Matteo sollte Priester werden. Er wurde Buchhändler.

Und doch gab es Gemeinsamkeiten zwischen den beiden Tätigkeiten. Beide, der Priester wie der Buchhändler, befassten sich mit Texten. Mit Schriften, die sie lasen und zu verstehen versuchten. Wenn man es ein wenig kühn formulierte, war auch beiden daran gelegen, diese Schriften zu verkaufen. Der Priester oder Pfarrer verkaufte das Wort Gottes, nicht selten gegen den Widerstand der Gläubigen, die zweifelten oder in Gedanken anderswo waren. Der Buchhändler verkaufte Bücher.

Aber natürlich gab es auch Unterschiede. Fundamentale Unterschiede, die unter anderem dazu geführt hatten, dass Matteo damals dann nicht Priester, sondern Buchhändler werden wollte. Diese Unterschiede betrafen nicht nur den Inhalt der beiden Berufe, sondern auch und vielleicht noch mehr den Charakter oder die Persönlichkeit der so oder anders Berufenen.

Vielleicht war der Pfarrer der Gemeinde, in der Matteo aufwuchs, nicht das ideale Beispiel eines Gottesmanns. Der Pfarrer war ein wenig hochfahrend. Auch zeigte er schnell Ungeduld, wenn man ihm nicht folgte. Aber das war gerade der Punkt. Schon die Siebenjährigen wurden so erzogen, dass sie gehorchen und dem Wort Gottes folgen sollten. Doch was war das Wort Gottes? Es war in der Bibel zu finden. Es war auch in anderen Schriften wie dem Katechismus zu finden. Der springende Punkt zeigte sich hingegen darin, dass der Pfarrer darüber bestimmte, was dieses Wort war, was es bedeutete und was es zur Folge hatte.

Anders gesagt, der ungeduldige und herrische Diener des Herrn wies den Weg. Nach seiner Auffassung gab es nur einen Weg. Wo die Kinder vielleicht noch immer davon geträumt hatten, dass die Bibel möglicherweise auch noch andere Wege kannte, die anders zu verstehen oder anders auszumalen gewesen wären, sprach der Pfarrer ein klares Nein. So und nicht anders.

Einmal hatte der Pfarrer ein unfolgsames Kind, das in der Nase gebohrt hatte, an den Haaren gezogen und als Heidenkind bezeichnet, das schon fast verloren sei, worauf der Bub so erschrocken war, dass er, ohne es zu wollen, einen riesigen Furz losließ. Es war nicht zum Lachen gewesen.

Matteo war, nachdem er über die zehn biblischen Plagen gelesen und ausgiebig nachgedacht hatte, zeitig zu Bett gegangen. Er hatte sich eine Suppe aus dem Beutel zubereitet. Mit dem Holzlöffel in der Pfanne rührend hatte er gespürt, dass seine Kräfte nicht ausreichen würden, später nach unten zu schleichen und die Medikamente zu holen, die Carla in den Briefkasten gelegt hatte.

Es war ein Entschluss der Vernunft gewesen, dass Matteo diese wichtige Sache erst am nächsten Morgen angehen würde. Alles andere hätte in eine peinliche oder sogar ausweglose Situation führen können. Man hätte Matteo sehen können, wie er, indem er die Hände an das eiserne Geländer hielt, langsam nach unten schlich. Vor allem hätte man sehen können, dass sich Matteo, wenn man ihn angesprochen hätte, ertappt gefühlt hätte. Matteos Gesicht wäre rot angelaufen, was sogar bei eher bräunlichem Teint möglich war, und wahrscheinlich hätte Matteo auch zu stottern begonnen, um sich für etwas zu entschuldigen, was eigentlich gar keiner Entschuldigung bedurft hätte, weil es schließlich um sein Leben ging.

Matteo, um Gottes willen. Was machen Sie denn im Treppenhaus? Sie sind, wie wir gehört haben, krank. Wer krank ist, gehört doch nicht ins Treppenhaus. Er verlässt seine Wohnung nicht. Unter keinen Umständen.

So hätte der Besitzer der Tankstelle geredet. Und die Frau Professor hätte zwar andere Worte gewählt, etwas vornehmere Worte, aber die Botschaft wäre ebenso klar gewesen. Nein, Matteo hatte sich entschlossen, zu warten, weil er sich an diesem Abend und nach den zehn biblischen Plagen, die auf ihn niedergegangen waren, zu schwach fühlte, und weil er nicht mehr gewusst hätte, wie er sich gegen Vorwürfe und Forderungen angemessen zu verteidigen gehabt hätte.

Die Nacht war nicht einfach gewesen.

Obwohl Matteo ein Schlafmittel eingenommen hatte, das er in dem Schaft mit den Pillen aufbewahrte, hatte er lange Zeit unruhig im Bett gelegen, sich von der einen auf die andere Seite geworfen, sich an seine verstorbene Frau Sophia erinnert, die während ihrer Krankheit zum Tode ebenfalls sehr unruhige, nein, geradezu schreckliche Nächte erlitten hatte, und schließlich ständig einen Gedanken gewälzt, der ihn schon länger beschäftigte.

Wenn du noch beten könntest, ginge es dir vielleicht besser.

Nicht ausgeschlossen, dass er Ruhe fände, wenn er gläubig beten würde, hatte Matteo in dieser Nacht überlegt und sich dabei gefragt, wann er eigentlich den Glauben, den Glauben ohne Wenn und Aber, verloren hatte. Wann es gewesen war, dass er frisch und munter aufwachte, um dem neuen Tag und der Stadt und der ganzen Welt zuzurufen, ich glaube nicht mehr, weil es nichts zu glauben gibt.

Die Nacht war gewichen. Das war nichts Besonderes. Es war immer so, solange man noch lebte. Die Lebenskunst bestand nur darin, ein Mittel oder mehrere Mittel zu finden, um die Nacht zu überstehen. Zum Beispiel konnte man versuchen, die Nacht anzunehmen, an sich zu nehmen, an sich zu drücken, sie zu umarmen und zu lieben. Süße Nacht, wie in der Oper. Oder man konnte so tun, als sei gar nicht Nacht, und frisch und munter arbeiten. Oder man konnte so intensiv an Dinge denken, dass allein die Anstrengung nach einem ohnehin schon angestrengten Tag dazu führen würde, dass man einschlief. An Möglichkeiten herrschte kein Mangel, wenn man etwas Fantasie und Willen hatte.

Aber meistens nützte alles nichts. Man musste wirklich häufig so lange warten, bis die Natur als Schwerkraft stärker und stärker wurde und einen hinunterzog ins namenlose Dunkel. Und sogar dann kam es häufig noch vor, dass man, bevor man bewusstlos wurde und vom Dunkel umfangen war, noch ein oder zweimal heftig Gegenwehr aufbot. Man wehrte sich gegen die Schwerkraft, indem man plötzlich wieder wach werden, in den Tag zurückkehren wollte, als gälte es, dem Tod einen Strich durch die Rechnung zu machen. War man bei solcher Gegenwehr immer noch ganz man selbst? Ein Ich mit Absicht und Bewusstsein?

Jetzt war es wieder Morgen. Es war viel später Morgen als tags zuvor, dachte Matteo.

Das ist die Seuche. Sie benutzt dich wie eine Puppe, die mal tanzt, mal liegt, mal spricht, mal schweigt.

Trotz allem fühlte sich Matteo besser. Er war weit davon entfernt, sich gesund zu fühlen. Aber offenbar hatten seine Kräfte während dieser umständlich gewesenen Nacht eine Art von Regeneration gefunden. Bevor Matteo daran denken konnte, ein Frühstück zuzubereiten und etwas Sinnvolles zu tun, klingelte es an der Tür.

Es gelang Matteo, in die Pantoffeln zu schlüpfen, die er, ordentlich, wie er war, jeden Abend vor dem

Schlafengehen vor die Bettkante stellte. Als Sophia noch lebte, war das ein Dauerthema. Sophia lachte Matteo aus, sagte ihm, er sei ein Ordnungsmensch sondergleichen, und sagte fast jedes Mal, wenn sie die Pantoffeln erblickte, sie sähen aus wie zwei kleine Boote, die an der Bettstatt vertäut seien.

Auch Matteo musste jeweils lachen. Nachdem er ein Buch zur Mythologie der alten Griechen gelesen hatte, begann er sich auszumalen, dass die Pantoffeln mehr als Pantoffeln waren. Er, Matteo, konnte sie, nachdem sie von Sophia als Boote bezeichnet worden waren, als Schiffchen verstehen, die ihn, nachdem er eingeschlafen war, über den Fluss Styx in die Unterwelt brächten. Dort, im Hades, würde Matteo allerlei erleben, um später mit einem Rucksack voller Erlebnisse wieder aufzusteigen, das Boot zu nehmen und zurückzukehren zu Sophia, der er ausgiebig von seinen Begegnungen in der Unterwelt berichten würde.

Es war dann allerdings Sophia gewesen, die in die Unterwelt verschwinden musste, und Matteo wusste, dass es keine Götter gab, die anzurufen gewesen wären, seine geliebte Frau jemals wieder zurückzubringen.

Matteo wanderte über den Teppich und den Parkettboden und den Steinboden zur Tür und spähte durch das Guckloch. Draußen stand seine Nichte.

»Wie geht es dir?«

Es ging besser. Aber eigentlich durfte Matteo nicht öffnen.

Ein neues Problem kam hinzu. Denn diese großen alten, schweren Häuser aus grauer Vorzeit besaßen auch große, schwere Türen. Es war gar nicht einfach, sich durch solche Türen hindurch zu verständigen, wenn man nicht gesund und munter war und eine kräftige Stimme hatte. Es war vorgekommen, dass Matteo wie ein berühmter Tenor durch die Tür gerufen hatte. Man hatte ihm gesagt, der Effekt habe sich in Grenzen gehalten.

»Was schreist du?«

»Mach auf, Onkel. Sonst machst du mir Angst.«

Carla schrie durch die Türe aus Eichenholz hindurch und trommelte mit der Faust. Sie hatte schon immer Temperament gehabt, dachte Matteo. Langsam drehte er den Schlüssel im Schloss und öffnete die Tür so weit, dass er durch den Spalt sehen konnte, wie Carla das Gesicht zur Decke drehte und laut schnaufte.

Was tun? Da stand sie, mit ihrer Tasche von Medikamenten und anderen nützlichen Dingen, die Matteo in jedem Fall helfen könnten.

»Ich schlage dir Folgendes vor.«

Matteo öffnete die Wohnungstür so weit, dass Carla hineinschlüpfen konnte. Doch bevor sie dies tun würde, hätte sich Matteo bereits in sein Arbeitszimmer zurückgezogen, wo er sich auf seinen Ledersessel setzen würde, während Carla im Türrahmen stände und von dort aus mit ihm spräche.

Es war ein guter Plan. Carla hatte, wie sie erzählte, Nachtdienst in der Praxis gehabt. Dann sei sie in den kleinen Fiat gestiegen und losgesaust. Unterwegs kam ihr in den Sinn, dass sie kurz bei Matteo vorbeischauen könnte. Sie hatte sich durch die engen, menschenleeren Gassen geschlängelt, die nur noch spärlich beleuchtet waren, sodass sich Carla wie in einem Labyrinth fühlte und zweimal die falsche Richtung nahm. Als sie endlich vor Matteos Haus stand, war, wie zu erwarten, alles dunkel. Nur aus der Wohnung im vierten Stockwerk sah Carla einen schwachen Lichtschein. Wenn man zwei und zwei zusammenzählte, kam man zum Ergebnis, dass Frau Professor entweder noch arbeitete oder vor dem Fernseher hockte.

»Warum hast du die Medikamente nicht nach oben gebracht?«

Carla hatte nachgesehen und entdeckt, dass die Medikamente immer noch in Matteos Briefkasten lagen. Es war viel zu spät, nämlich tiefe Nacht, als dass sie hätte klingeln wollen, um zu warten, bis die Haustür geöffnet werden würde, um danach die Medikamente zu Matteo hinaufzubringen.

Carla stand immer noch im Türrahmen. Matteo, der sein Frühstück und vor allem den Schwarztee vermisste, starrte sie aus geröteten Augen an. Trotz der Krise oder Seuche oder vielleicht gerade deswegen sah seine Nichte frisch aus, munter wie immer.

Matteo hätte sich gefreut, wenn Carla noch länger geblieben wäre. Aber das kam nicht infrage. Erstens wurde Carla schon mit Ungeduld in der Praxis erwartet. Zweitens bestand Ansteckungsgefahr. Und drittens blieb man während Seuchen mit seinen Gedanken besser allein.

Nachdem Carla Matteo erklärt hatte, dass sämtliche Medikamente so beschriftet worden seien, dass sowohl ihre Verwendung wie ihre Dosierung sofort ersichtlich würden, warf sie Matteo eine Kusshand zu und versprach ihm, bald wieder nach dem Rechten zu sehen. Dieser Ausdruck konnte vieles beinhalten, und wenn man ehrlich war, waren die Möglichkeiten, nach dem Rechten zu sehen, zu Zeiten der Seuche beschränkt, aber wenn Carla die Grundversorgung meinte, hatte sie natürlich recht, und alles andere stand in Gottes Hand.

Matteo hatte sich bisher nie gefragt, ob seine Nichte religiös sei.

Während er seinen Schwarztee schlürfte und die Medikamente ordentlich auf dem Tisch aufreihte, realisierte er, dass er von seiner Nichte mehr als wenig wusste. Seit Carla vom Kind zum Mädchen und dann vom munteren Mädchen zur jungen Frau mit Selbstbewusstsein und einem allzeit frischen Lachen geworden war, erinnerte sie Matteo an gewisse weibliche Wesen auf den Bildern von Botticelli. Es ging tatsächlich etwas Frühlingshaftes von Carla aus. Eigentlich seltsam, dachte Matteo, während er bemerkte, dass der Schwarztee bitterer als sonst schmeckte, eigentlich seltsam, dass Carla bis jetzt noch keine Anstalten gemacht hatte, ihre Siebensachen zu packen und in die Großstadt zu ziehen.

Carla war sogar noch weiter gegangen. Sie war nicht nur geblieben, sie hatte sich sogar entschlossen, bei Bedarf in der Buchhandlung auszuhelfen. Hatte

Carla einen freien Tag, so saß sie nicht etwa in Gruppen mit anderen jungen Frauen zusammen, die tratschten, ihre Zigaretten in der Luft drehten und über junge Männer schimpften. Sondern sie kam schon bei Ladenöffnung in die Buchhandlung, zog sich einen unauffälligen grauen Kittel an, setzte eine Hornbrille auf, die sie zu diesem Zweck gekauft hatte, und erwartete die Kundschaft.

Im Hintergrund pflegte Matteo zu beobachten, wie Carla die Kundschaft bediente. Carla hatte sich rasch zurechtgefunden. Bald wusste sie, wo die Klassiker standen. Sie wusste, wo die Reiseliteratur zu finden war. Sie sorgte eigenhändig dafür, dass die Neuigkeiten, die man in der Sprache des Buchhandels als Nova bezeichnete, gleich auf einen großen, am Eingang aufgestellten Präsentiertisch zu stehen kamen. Nur die antiquarischen Bücher blieben von Carlas tätiger Arbeitsfreude verschont.

Wie kommt es eigentlich, dass du dieses und nicht jenes oder statt jenem dieses denkst?

Das fragte sich Matteo mit einer zur Gewohnheit gewordenen Regelmäßigkeit.

Es war naheliegend, dass die Seuche dazu ermunterte, sich mit Religion oder zumindest mit religiösen Gedanken zu befassen. Aber war es das wirklich? Die Sache musste immer vor dem Hintergrund der jeweiligen Kultur behandelt werden, dachte Matteo. Er hatte einen Joghurt geöffnet und löffelte den weißen Brei, während er gleichzeitig daran dachte, dass sich

Milchprodukte und Antibiotika nicht besonders gut vertrugen. Oder besser, wenn man beides gleichzeitig einnahm, war die Wahrscheinlichkeit hoch, dass das Milchprodukt die Wirkkraft des Antibiotikums beeinträchtigte. Daran war unbedingt zu denken.

Jede Kultur hatte ein besonderes Verhältnis zu Gott oder zum Göttlichen oder zum Numinosen, oder wie immer man dieses Höhere nennen wollte. An der Küchenwand hing noch immer, wie wenn er erst gestern dort befestigt worden wäre, der Monatskalender mit den Heiligen. Sophia hatte ihn im letzten Jahr ihres Lebens dort hingenagelt. Sie hatte bereits gefühlt, dass etwas mit ihr falsch war. Aber sie hätte den Heiligenkalender auch unabhängig davon aufgehängt.

Heilige waren praktisch. Sie konnten bei Gott ein gutes Wort einlegen und waren es gewohnt, dass sie ununterbrochen angerufen wurden. Schon die Mutter hatte Matteo dahingehend instruiert, dass es in Notfällen und anderen Fällen nützlich sei, wenn er seinen Namensheiligen aufrufe. Dieser hatte überdies noch den Vorteil, Evangelist zu sein. Das heißt, er war einst ein Autor oder Verfasser eines Teils der Heiligen Schrift gewesen.

Es kam das eine zum andern, bis Matteo den Glauben und seine vielen und komplizierten Rituale sattzuhaben begann.

Es war nicht der Einfluss des Vaters gewesen. Natürlich hatte Matteo ständig beobachten können, dass sich der Vater ein wenig mokierte, wenn die Mutter und die Großmutter in die Kirche eilten und den kleinen Matteo an der Hand hielten. Aber der Vater hatte sich später nicht groß eingemischt. Seine Position war zwar klar und deutlich. Aber es war *seine* Position. Fertig. Vermutlich hatte er einfach darauf vertraut, dass die Erziehung zur Vernunft ohnehin auf diesen Punkt zulaufen würde. Er hatte recht behalten.

Möchtest du wieder beten können?

Das war eine schwierige Frage. Beten setzte glauben voraus. Oder etwa nicht? Matteo, der mit der Krankheit auch den Fatalismus neu entdeckte, sagte sich, dass er nichts zu verlieren habe. Zwar war nicht völlig ausgeschlossen, dass jemand, der betete, aber nicht glaubte, deswegen von Gott bestraft wurde. Aber grundsätzlich war Gott nicht kleinlich, und deshalb hätte eine solche Strafe nicht zu Gott gepasst.

Matteo hatte die zwölf Schritte, die nötig waren, um vom Küchentisch zum Schreibtisch hinüberzuwechseln, ohne Schwindel oder andere Beschwerden überstanden.

Er saß vor dem Schreibtisch. Der Schreibtisch war ein Erbstück, das immer ein wenig nach Möbelpolitur roch, obwohl ihn Matteo schon lange nicht mehr poliert hatte. Matteo hatte noch den Schlafanzug an, über den er einen alten, nach Kölnischwasser riechenden Morgenmantel geschlungen hatte. Matteo war noch nicht rasiert. Das alles musste ihn zwangsläufig dazu bringen, dass er sich nicht gefiel. Dass er sich noch nicht gefiel. Wo es doch darauf ankam, dass man gerade in Zeiten der Krankheit und der Seuche darauf achten sollte, sich auch äußerlich nicht zu verlieren, nicht preiszugeben, nicht zu zerfallen.

Vater unser, der du bist in den Himmeln.

Es ging. Es ging so gut, dass Matteo überrascht war. Jetzt nur nicht denken. Einfach beten. Keine falschen Gedanken. Einfach das Gebet, dieses eine und erste Gebet.

Matteo konzentrierte sich. Seine Mutter hatte ihn angewiesen, sich in solchen und ähnlichen Situationen der erhöhten Nähe zu Gott zu sammeln.

Sammle dich!

Als Kind hatte Matteo noch nicht ganz verstanden, wie das Wort gemeint war. Unwillkürlich hatte er an seine Sammlungen von farbigen Murmeln oder an seine Zinnsoldaten oder an die Herbstblätter gedacht, die er sammelte und in ein Album klebte. Die Mutter hingegen hatte gemeint und damit auch gefordert, dass sich Matteo konzentriere. *Geh in dich, sammle dich.* Sie hatte gedacht, dass damit eine Voraussetzung dafür geschaffen würde, dass Matteo dem lieben Gott oder Jesus Christus näherkomme.

Während Matteo betete und die Sätze des Vaterunsers langsam und mit Konzentration vor sich hin sagte, hatte er den Kopf in die Höhle gelegt, welche die Arme über der Pultplatte geschaffen hatten. Es war keine bequeme Position. Aber darauf kam es nicht an. Es gab Momente im Leben, die Erfüllung bringen konnten, doch die Hingabe, die dazu vonnöten war, sollte nicht gratis sein. Sie konnte durchaus schmerzen.

Draußen schlug die Uhr des Kirchturms. Sie schlug elf Uhr. Matteo hatte länger geschlafen, als er gedacht hatte.

Umso besser. Oder umso schlechter, je nachdem. Denn zugleich war es eine Tatsache, dass Matteo seit der zwangsweisen Schließung der Buchhandlung nicht viel und bald immer weniger tat. Der Husten war noch jung. Er war erst etwas mehr als einen Tag alt. Die Seuche war, wenn es sich wirklich um die Seuche handelte, ebenfalls noch jung. Schon vorher, seit sich der lähmende Zustand über die kleine Stadt ausgebreitet hatte, seit die Zeitung immer neue Nachrichten des Schreckens druckte, seit die Kinder kaum noch draußen spielten und fast gar nicht mehr zu schreien wagten, seit Matteos Nichte häufiger und häufiger besorgt anrief, seit Matteo wieder mehr an seine schon lange verstorbene Sophia dachte, seit ihm ein Glas Wein weniger schmeckte als früher, schienen die Kräfte zu schwinden.

Wann hatte Matteo zu zweifeln begonnen? An Gott zu zweifeln?

Irgendwann war es vorbei mit der Religion. Das Weltbild, das die Religion behauptete und vermittelte, wurde Matteo enger und enger. Das betraf nicht das Gebot der Nächstenliebe. Musste man aber an einen Gott glauben, um seine Nächsten zu lieben oder jedenfalls zu achten? Wie war es um die Menschheit bestellt, wenn es nur am Glauben an einen Gott und dessen gütige Fügungen läge, dass man seinen Nächsten liebte?

Es war nicht die Nächstenliebe. Diese war recht und gut. Es war vielmehr der Hauptgedanke, dass die Schöpfung im Prinzip geordnet und gerichtet sei. Das konnte so nicht wahr sein, dachte Matteo. Und Wirklichkeit, harte Realität, war es noch weniger. Wenn man das Wort Schöpfung überhaupt in den Mund nehmen wollte, dann war die Schöpfung doch meistens Chaos und Zufall. Sie war, jedenfalls wenn man diesbezüglich zum Pessimismus neigte, höchstens Glück im Unglück.

Zweitens stieß sich Matteo immer mehr an der Macht der Kirchen und ihrer Priester. Es musste nicht diese oder jene Kirche sein. Das System war dasselbe.

Vor allem machtbesessene ältere Männer standen auf und lasen im Namen ihres Gottes die Leviten. Gar nicht selten lasen sie nicht nur, sie riefen auch auf zu Gewalt und Tod. Wer nicht gehorchte, wer nicht des rechten Glaubens war, wer sich in die Büsche schlagen wollte, wer einfach darum bat, dass man ihn in Ruhe lasse, wer Fragen stellte, wer kritisch wurde, wer spottete oder wie Galilei etwas behauptete, was ja vollkommen zutraf, aber in den Augen der Kirche der reinste Wahnsinn und völlige Häresie war, der wurde vorgeführt, verurteilt und versuchsweise oder auch mit Erfolg liquidiert.

Matteo hatte das Vaterunser beendet. Er hob den Kopf und blickte zum Fenster. Draußen legte sich ein Frühlingsmorgen über die Stadt, wie man ihn hierzulande und zu dieser Jahreszeit geradezu erwarten musste.

Für ein paar Sekunden schoss Matteo durch den Kopf, dass ein solcher Frühlingsmorgen seinem Gebet eine gewisse Berechtigung gebe. Aber dann verwarf er den Gedanken.

Und doch. Das Schöne, das Herrliche, das Erhabene konnte, wenn man wirklich dieses Bedürfnis nach Gott hatte, ebenso gut von Gott oder einer Schöpfung zeugen wie das Dunkle, das Tiefe, das Verlorene. Musste der Ruf nach Gott nur immer als ein langer Schrei *de profundis* kommen? Aus der Tiefe des Elends?

Es war höchste Zeit für das nächste Buch.

In Matteos eigener Chronologie zur Literatur über die Seuchen war nach dem Alten Testament und den zehn Plagen gegen die Ägypter jetzt ein mutiger Sprung vonnöten. Ein Sprung über Tausende von Jahren direkt in die Renaissance.

Hinter dem Schreibtisch befand sich eine große Bücherwand. Die Bücher saßen auf hölzernen Regalen, denen man das Alter ansehen konnte. Die Wand selbst stammte aus dem 19. Jahrhundert, als die Buchkultur erstmals für breite Gesellschaftskreise lebendig wurde. Sie emanzipierte sich aus den Lebenswelten der Vornehmen und entwickelte den Anspruch, dass Bücher für jedermann zugänglich sein sollten.

Das Buch, das Matteo hervorholte, trug den Titel *Il Decamerone*. Es stammte aus der Feder des italienischen Schriftstellers Giovanni Boccaccio, der es, wie man annahm, zwischen 1349 und 1353 verfasst hatte.

Damals wütete in Italien die Pest. Nicht nur in Italien. In ganz Europa brachte der Schwarze Tod, wie man die Pest damals nannte, Unglück und Verderben. Die Pest kam wie die meisten Seuchen schleichend. Aber dann schlug sie rasch und mit unerhörter Wucht zu. Sie machte nicht halt vor den Reichen, sie begrub hohe und höchste Kirchenmänner unter ihrer Walze, sie verwandelte die Quartiere der Armen und Ärmsten in Höllen von traumatischer Erfahrung. Die Schreie der Pestkranken waren überall zu hören.

Nur nicht, wenn man Boccaccios Erfindungsgabe glauben durfte, in einem Landhaus in der Nähe von Florenz. Dorthin hatten sich sieben Frauen und drei junge Männer zurückgezogen. Sie waren auf der Flucht vor der Pest, die im Frühjahr und im Sommer die Stadt heimsuchte, weshalb es überlebenswichtig war, alles zu meiden, was nach Ansteckung und Krankheit riechen konnte.

Sooft ich, holde Damen, in meinen Gedanken erwäge, wie mitleidig ihr alle von Natur aus seid, erkenne ich auch, dass eurer Meinung nach dies Werk einen betrübten und bitteren Anfang haben wird, da es an seiner Stirn die schmerzliche Erwähnung jener verderblichen Pestseuche trägt, die vor kurzem jeden, der sie sah oder sonst kennenlernte, in Trauer versetzte.

Zu wiederholten Malen hatte Matteo diesen berühmten Anfang gelesen. Diese Einführung in den ersten Tag der zehn Tage, während denen sich die zehn

Menschen, abgeschirmt von der großen Seuche, in aller Ruhe und Geborgenheit ihre Geschichten erzählen würden, um sich zu unterhalten, über Gott und die Welt nachzudenken und zu vergessen, dass ihre Sterblichkeit gleich um die Ecke schnell erfahrbar geworden wäre, nämlich in den Straßen und Gassen, in den Palästen und Kavernen, in den Elendsvierteln und den Kirchen und selbst im Dom der Stadt Florenz.

Es ging nicht um die Pest. Denn die zehn Glücklichen hatten sich abgeschirmt. Ihnen konnte, solange sie in dem Exil über den Hügeln der Stadt lebten, nichts passieren. Und doch ging es um die Pest. Denn die Pest war der Hintergrund, ohne den nicht zustande gekommen wäre, was in dem Landhaus geschehen durfte. Dass man dort glücklich und unbedrängt eine Welt erinnerte und erzählend auffächerte, die Liebe und Passion, Humor und Fantasie, das Verrückte und das Entspannte zurückrief.

War das Leben unter der Fuchtel des möglichen Todes schöner?

Matteo war sich nicht sicher. Es war sicher einfacher, solchen Kontrast in der Literatur zu beschwören und zu genießen, als ihn in der harten Realität zu erproben. Aber es stimmte. Wenn der Mensch vor einem Abgrund stand, der sich Hunderte von Metern hinab ins Bodenlose auftat, und dieser Mensch zugleich sicher war, dass ihm, dem Beschauer, nie und nimmer etwas passieren könnte, geschweige denn der Sturz in dieses Nichts, dann kam ein Gefühl von Erhabenheit auf.

Matteo hatte die Schule verlassen, als die Lehre zum Buchhändler anstand. Seine Bildung war damals nicht Bildung im klassischen, im herkömmlichen Sinn. Aber er holte nach, indem er schnell und immer mehr las, und bald wusste und kannte er mehr als viele Altersgenossen des Bürgertums. Er hatte auch später keinen philosophischen Zugang zur Literatur, wie ihn die Universitäten vermittelten. Aber er hielt sich an den gesunden Menschenverstand, und je mehr er las und verglich, umso mehr verstand er auch und wurde auf andere Weise zum Philosophen.

Der Dichter Boccaccio war ein Mann der Renaissance. Er war ein Held dieser Epoche, die sich gegen das Mittelalter absetzte, das zwar keineswegs nur finster gewesen war, aber eben doch streng und zum Himmel Gottes hinaufgerichtet. Oder zur Hölle hinabgeneigt. Die Renaissance knüpfte an die Antike an. Plötzlich durften sich wieder massenweise antike Götter und Göttinnen, Heroen und Heldinnen vielerorts tummeln. In der Literatur, aber vor allem in der Kunst und in der Bildhauerei.

Die Farben wurden anders. Sie begannen auf neue Art zu atmen. Sie verströmten eine Offenheit, wie sie vorher kaum je empfunden werden konnte.

Einmal hatte Matteo ein großes Museum in ebender Stadt besucht, die mehr als sechshundert Jahre zuvor von der Pest verwüstet worden war. Er hatte die Stadt Florenz und ihr berühmtestes Museum besucht. Er hatte vor einem riesengroßen Gemälde gestanden, das die ganze Wand bedeckte. Das Gemälde trug den

Titel *La Primavera*, stammte von Botticelli und zeigte den Reigen des Frühlings in atemberaubenden Gestalten, Farben und Gesten.

Da hatte Matteo begriffen, was die Renaissance war. Sie war tatsächlich eine Wiedergeburt. Vermutlich die größte Wiedergeburt in der langen und schwierigen Geschichte der Menschheit.

5

Da für die große Menge Leichen, die, wie gesagt, in jeder Kirche täglich und fast stündlich zusammengetragen wurden, der geweihte Boden nicht langte, besonders, wenn man nach alter Sitte jedem Toten eine besondere Grabstätte hätte einräumen wollen, so machte man, statt der kirchlichen Gottesäcker, weil diese bereits überfüllt waren, sehr tiefe Gruben und warf die neu Hinzukommenden in diese zu Hunderten. Hier wurden die Leichen aufgehäuft wie die Waren in einem Schiff und von Schicht zu Schicht mit ein wenig Erde bedeckt, bis die Grube bis zum Rand voll war.

Kein Zweifel. Der Dichter Boccaccio hatte, als er sein *Decamerone* verfasste, genaue Anschauung von den Schrecklichkeiten, die sich damals, 1348, in Florenz abspielten.

Matteo las die Sätze zweimal. Er las sie dreimal, viermal. *Warum quälst du dich damit?* – Wenn ihn jemand gefragt hätte, hätte er wahrscheinlich keine Antwort gewusst. Wenn er sich selbst fragte, wurde es auch nicht einfacher.

Einmal war ein berühmter Soziologe in Matteos Buchhandlung gekommen. Er war auf der Durchreise und hatte sich aus irgendwelchen Gründen auch in Matteos Stadt verirrt, die schließlich ein passables Museum für zeitgenössische Kunst vorweisen konnte. Der Soziologe hatte nach einer frühen Ausgabe von Dante gefragt.

Matteo konnte ihm helfen. Die beiden waren ins Gespräch gekommen. Der Soziologe erzählte von seinem Hauptwerk. In diesem Werk, so sagte er, gehe es darum, nachzuweisen, dass Zivilisation nicht eine gegebene Größe, sondern ein Prozess sei. Nicht etwas von Gott Geschenktes oder der Welt Zugefallenes, sondern ein Vorgang. Eine lange und harte Arbeit, in deren Verlauf die Menschen nach und nach begriffen, dass es für sie und insbesondere auch für kommende Generationen von Vorteil sei, sich zu zivilisieren.

Matteo hatte schweigend zugehört. Er hatte sich im Kopf ein paar Notizen gemacht, die er hastig niederschrieb, nachdem der Soziologe gegangen war. Dann hatte er nachgeschlagen und das Hauptwerk schnell gefunden. Er hatte es bestellt und zu lesen versucht. Er hatte nicht alles verstanden, aber was ihm der berühmte Soziologe in seiner Buchhandlung erzählt hatte, stimmte haargenau mit dem überein, was in dem Buch stand.

Matteo hatte das Buch in die Hauptvitrine seiner Buchhandlung gestellt und gedacht, dass bald einer kommen würde, der sich dafür interessieren und das Werk kaufen würde. Niemand war gekommen. Manche hatten, wie Matteo von seiner Theke aus beobachten konnte, einen Blick darauf geworfen. Einmal war ein Student gekommen, hatte sich das Werk zeigen lassen und darin geblättert. Dann hatte er es Matteo mit einem spöttischen Blick zurückgegeben.

Das war alles gewesen. Matteo hatte das Werk über den Prozess der Zivilisation noch ein paar Monate im Gestell behalten. Dann hatte er es entstaubt und nach hinten gebracht, wo die antiquarischen Bücher lagerten. Dort stand es seither.

Während sich Matteo dazu zwingen musste, die Boccaccio-Stelle nicht ein fünftes Mal zu lesen, studierte er weiter an der These über die Zivilisation.

Eigene Gedanken wurden wach. Zum Beispiel mussten die Menschen der Renaissance, die der Pest ausgeliefert waren, eigentlich begriffen haben, dass alles Beten mitsamt allen Fürbitten nicht den gewünschten Effekt erzielte. Die Seuche machte weiterhin, was sie wollte, und wenn sie es nicht mehr machte, lag das nicht an den Gebeten. Es lag zum Beispiel an der Hygiene. Aber wie viele kluge Geister der Renaissance hatten solche Zusammenhänge zwischen Seuchen und dem Gesundheitswesen kapiert?

Das andere war, dass die Menschen in Florenz in solchen Massen gestorben waren, dass man sie nicht mehr begraben konnte. Boccaccios Schilderung war klar, als wäre der Dichter in unmittelbarer Nähe dabei gewesen. Bei einem anderen Gelehrten, der an der Wende zum 18. Jahrhundert gelebt und geschrieben hatte, hatte Matteo gelesen, dass es ein Zeichen von Kultur gegenüber früheren Zuständen der Wildnis wurde, als sich die Menschen anschickten, ihre Toten zu bestatten und zu begraben.

Aber eben. Genau das war in Florenz plötzlich nicht mehr möglich gewesen. Oder nur noch so, dass man die Leichen hastig aufsammelte, wegkarrte und so schnell wie möglich in sehr tiefe Gruben warf. Schicht um Schicht.

Matteos Kopf begann zu schmerzen. Der Schmerz kam schnell und heftig, und nach wenigen Minuten war der Hinterkopf von einem Schmerz durchzogen, der sich von den Nackenmuskeln bis in das hintere Drittel des Schädels zog.

So hatte sich Matteo sein Rendezvous mit Boccaccio nicht vorgestellt. Im Gegenteil hatte er gedacht, er könne dieses Stelldichein auf der Reise durch die Bücher trotz allen Symptomen der nahenden Seuche in Ruhe genießen. Er könne es sich bequem und gemütlich machen mit dem *Decamerone* und damit das tun, was die zehn Figuren des *Decamerone* taten, als sie sich in ihrem geschützten Landhaus installiert hatten. Er könne, hatte Matteo gedacht, von weit weg nun seinerseits zuschauen und sich die Epoche der Renaissance zwischen Elend und Eden vor Augen führen.

Der Gang zur Küche war zur Routine geworden. Matteo dachte, dass man ihm im Fegefeuer, wenn es dieses gab und er das Glück hatte, dort statt in der Hölle zu landen, eine Küche zur Verfügung stellen müsste. Oder wenigstens einen Küchentisch, auf dem gewisse Dinge zur Erleichterung der Situationen aufgestellt wären.

Matteo schlurfte den gewohnten Weg, vergaß dabei nicht, sich im Fall eines plötzlichen Schwindels die Stellen zu merken, an denen er sich hätte festhalten können, und setzte sich an den Tisch. Dabei spürte er, ohne besonders darauf geachtet zu haben, denn er war kein Hypochonder, dass sein Atem schwerer ging. Es war schwerer geworden, tief durchzuatmen, und wenn sich Matteo dazu zwang, spürte er ein mittelscharfes Stechen im mittleren Bereich des Brustkorbs.

Kopfschmerzen. Unangenehm bis sehr unangenehm. Aber kein Grund zur Panik. Jetzt ginge es darum, dachte Matteo, schnell zu handeln. Denn je länger man Kopfschmerzen nicht mit einem geeigneten Mittel bezwang, umso schwieriger wurde es, sie loszuwerden.

Carla hat dir gesagt, es sei alles beschriftet.

Richtig. Langsam ging Matteo durch die Reihe der Schachteln, die er auf dem Küchentisch aufgestellt hatte. Wie eine Wagenburg. Er las die Namen der Produkte, die ihm interessant, aber wie aus einer anderen Welt vorkamen. Manche Namen klangen relativ einfach. Andere waren lang, vielsilbig und so gefunden oder erfunden worden, dass es wie Chinesisch klang. Wenn Matteo in einer Apotheke erschienen wäre, ohne einen Merkzettel bei sich zu haben, auf dem der Name geschrieben stand, hätte er nie und nimmer sagen können, wie das Medikament hieß, das er so dringend brauchte.

Nach einiger Zeit und etwas Hin und Her, bei dem Matteos Blick auch immer wieder auf die Flasche Rotwein fiel, die er behutsam zur Seite gestellt hatte, war ein Medikament gefunden, das sich auch ausdrücklich gegen Kopfschmerzen empfahl. *Nimm gleich zwei.* – Das war der Tipp des Internisten gewesen, der zwar aufzupassen pflegte, dass die Magenschleimhaut seiner Patienten nicht zu hart beansprucht wurde, doch zugleich wusste, dass es immer auch galt, die richtigen Prioritäten zu setzen.

Matteo warf zwei Tabletten in den Mund und spülte sie mit ein paar Schlucken Tee hinunter.

Gut. Das war geschafft. Und es stimmte, was gewisse Ärzte sagten, wenn sie davon sprachen, wie es sei, wenn man gegen eine Krankheit zu kämpfen beginne. Nicht nur werfe einen die Krankheit Richtung Boden. Mit jeder Anstrengung, die man gegen ihre Schwerkraft aufbrächte, fühle man einen kleinen Triumph.

Matteo schlurfte wieder zurück und vertiefte sich in den *Decamerone*. Bald realisierte er, dass dies nur ein halb bewusstes Manöver zur Ablenkung war. Zur Ablenkung wovon? Er legte eine alte Postkarte als Lesezeichen in das Buch und lehnte sich zurück. Es war ein durchlässiger Halbschlaf, der ihn sanft überfiel, sodass er einerseits genau wusste, wo er war und warum er in seinem Arbeitszimmer lag, andererseits beobachten konnte, wie Bilder um Bilder in ihm emporstiegen.

Die Bilder waren zuerst angenehm. Matteo schaute, als säße er in einer Kutsche, die von einer alten Mähre gezogen wurde, über das Fußvolk von Florenz hinweg in die Gassen der großen Stadt. Die Leute waren prächtig gekleidet, grüßten sich mit Ehrerbietung und vielen weiteren Merkmalen der Zivilisiertheit, versammelten sich da und dort zu kleinen Gruppen, lachten und scherzten, während die Hunde herumtollten und ihr Gebell losließen.

Allmählich veränderte sich die Szene. Über der Kuppel des großen Doms zogen dunkle Wolken auf. Sie begannen, größere Schatten auf das Kopfsteinpflaster zu werfen, das dadurch unruhig wurde. Vorher war das Pflaster nicht aufgefallen. Jetzt schien es ein eigenes und nicht besonders freundliches Leben zu führen. Der Kutscher trieb die Mähre zur Eile. Matteo hörte den Galopp, während die Einmündungen zu den Seitengassen immer schneller an ihm vorbeiflogen.

Bald befand sich Matteos Wagen in einem Quartier, das wenig zuverlässig wirkte. Am Straßenrand saßen Bettler, die mit ihren Armen winkten und um Almosen baten. Als Matteo näher hinschaute, bemerkte er, dass manche der Bettler keine Hände mehr hatten. Sie gestikulierten wild, aber statt ihrer Hände reckten sich derbe, unförmige Stummel in den Himmel. Je weiter sich die Kutsche vom Zentrum entfernte, umso stärker und stechender wurden die Schatten. Umso unfreundlicher wurde die Umgebung. Umso drohender blickten die Menschen, von denen manche kaum noch ein Gesicht besaßen. Die Ohren waren abgefallen, das Nasenbein war durchbrochen, den Mündern fehlten die Zähne, die Augen brannten aus tiefen Höhlen.

Matteo kam in Panik. Er wusste, dass es niemals infrage käme, den Kutscher zu bitten, anzuhalten. Sofort hätten sich die dunklen Gestalten auf Matteo geworfen. Hätten ihn mit ihrem Pesthauch umweht. Hätten ihn gepackt, zu Boden gezerrt, gewendet und gedreht wie eine schnelle Beute, die man nachher wegwerfen würde. So versuchte Matteo den Kutscher zur Umkehr zu bitten. Er begann zu schreien und auf die Sitzbank einzutrommeln.

Nichts geschah. Matteo war sich nicht sicher, ob er vom Bock der Kutsche hinab ein hämisches Lachen hörte. Jedenfalls schlug der Kutscher noch heftiger auf die Mähre ein, deren Augen immer stärker hervorquollen. Endlich, nach weiterer, endlos anmutender Fahrt im Galopp und durch eine Düsternis, die am Himmel stand, ohne dass es schon dunkel geworden wäre, riss der Kutscher mit einem scharfen Ruck die Zügel herum. Matteo wurde aus seinem Sitz zu Boden geschleudert. Der Kutscher war abgesprungen und beugte sich über Matteos Gesicht, während er jedes Wort voller Wut laut artikulierte.

Dort geht es zur Rampe. Vorwärts. Marsch.

Matteo erwachte. Er hatte geträumt. Aber er hatte nicht einfach geträumt. Nachdem er sich gefasst und die Position im Sessel gewechselt hatte, begann er über das Geträumte nachzudenken.

Natürlich, der *Decamerone* hatte ihn nach Florenz geführt. Oder besser, entführt. Oder noch besser, verführt. Denn am Anfang herrschte dieselbe Heiterkeit, die ein Zeichen der Atmosphäre war, in welcher sich die zehn Begünstigten eingerichtet hatten, während sie sich Geschichten erzählten und es sich gut gehen ließen. Aber zugleich herrschte, ohne dass es Matteo sofort verstanden hätte, eine unheimliche Gleichzeitigkeit des Ungleichzeitigen.

Denn während sich die zehn Begünstigten vergnügten, wütete in den Gassen der Stadt die große Seuche. Ein einziges Wort, eine unauffällige Präposition, das Wörtchen *während*, zeigte an, was es mit der Gleichzeitigkeit des Ungleichzeitigen auf sich hatte.

Es hatte damit Folgendes auf sich. Hier die Begünstigten, ein paar wenige, die *happy few*, wie es bei Shakespeare heißen durfte, diejenigen, die es irgendwie geschafft hatten, davonzukommen, so zu fliehen, dass die Flucht keine Flucht war, sondern ein bloßer Übergang in die Sicherheit. Dort die Pechvögel, die Armen, die Kranken, die Unterprivilegierten, die keine Chance hatten, ihrem Schicksal zu entkommen, das seit ihrer Geburt in Stein gemeißelt war und sie im schlimmsten Fall schon zum Tode verurteilt hatte, bevor sie überhaupt zu leben hätten anfangen können.

Die Frage war, wie man damit umging. Wie man damit lebte, wenn man zum Beispiel, wie Matteo, relativ privilegiert war. Welche Konsequenzen man zog, wenn man die Möglichkeit hatte, etwas zu verändern und zu verbessern.

In seinem Hauptwerk hatte der berühmte Soziologe zwar nirgends direkt behauptet, dass der Prozess der Zivilisation eine Zwangsläufigkeit sei. Eine Art von List der Geschichte, die am Ende bewirkt hätte, dass die Menschheit insgesamt nicht nur im Zustand der Zivilisation angekommen wäre, sondern, Mensch für Mensch, zivilisiert lebte und insbesondere leben könnte. Aber wenn Matteo das Gespräch mit dem Soziologen richtig verstanden hatte, war der Soziologe doch optimistisch geblieben.

War das berechtigt? War dieser Optimismus wirklich angebracht? Der Optimismus hätte übrigens, dachte Matteo, möglicherweise auch den Nachteil gehabt, dass die Leute, optimistisch, wie sie allesamt wären, die Hände in den Schoß legten, weil sie wüssten oder dächten, dass alles ja von selbst besser würde.

Matteo hatte einen Traum geträumt, der, wenn man so wollte, Schichten aufeinanderlegte. Der Traum schichtete die Geschichte, indem er Geschichten oder genauer noch Szenen zusammenlegte, wie ein magischer Würfel, den man in einzelnen Elementen so drehen konnte, dass auf seinen Außenseiten immer wieder neue Muster entstanden.

Das Mittel gegen die Kopfschmerzen war auch gegen andere Symptome einzusetzen. Deshalb war es stärker als etwa Aspirin und verlangte ein Rezept, das Carla souverän umgangen hatte. Carla, seine kluge und schöne Nichte, hatte Matteo die richtigen Medikamente zusammengestellt, sodass mindestens für die ersten Phasen der Seuche damit zu rechnen war, dass Matteo Herr über seinen Körper und damit auch Herr über seinen Kopf bleiben würde.

Schmerzmittel von größerer Kraft besaßen noch andere Eigenschaften. Sie hatten den Nachteil, der ebenso sehr ein Vorteil sein konnte, dass der Patient euphorisiert wurde. Der Patient begann sich beispielsweise groß und mächtig zu fühlen, schon wollte er vom Bett springen, um Bäume auszureißen, worauf ihn seine Frau oder die Pflegerin energisch bitten musste, solche Dinge bleiben zu lassen.

Matteo war nicht euphorisiert. Aber es traf zu, dass ihm das Mittel einen Zustand suggerierte, der eigentlich eine Bewegtheit war, die Matteo so trug, dass sein Denken einerseits leichter, andererseits genauer wurde.

Das machte sich nützlich, als Matteo versuchte, den Wachtraum mit den Versatzstücken aus der Literatur und der Geschichte der Renaissance noch näher zu analysieren. Nach der Lektüre des *Decamerone* und nach seinem Wachtraum, der die beiden Welten des *Decamerone* in einer kurzen und schrecklichen Kutschenfahrt eingefangen hatte, war Matteo endgültig davon überzeugt, dass der Prozess der Zivilisation eine unsichere Sache war.

Sicher hatte der große Soziologe recht. Es stimmte, dass die Menschheit an vielen Orten zivilisierter geworden war. Dazu bedurfte es nicht nur heller Köpfe, sondern auch solider Wissenschaft und Technik sowie einer Politik, der es gegeben war, die entsprechenden Einsichten von der Theorie in die Praxis zu bringen. Die Menschheit war hygienischer geworden. Sie hatte sich immer mehr Zonen des Komforts erobert. Sie kommunizierte inzwischen in Sekundenschnelle um den ganzen Globus.

Andererseits gab es inmitten dieser Zivilisiertheit grauenhafte Abstürze. Man musste weder Soziologe noch Historiker sein, um das zu sehen. Man musste nur in bestimmten Städten, eigentlich in sehr vielen, ja den meisten großen Städten, vom einen zum anderen Ende reisen. Das genügte vollauf.

Du wirst im Alter zum Pessimisten.

Es klang wie ein Vorwurf, und es sollte einer sein. Matteo hatte mehr als genügend Bücher gelesen, die teils aus der Erfahrung, teils aus der Beobachtung beschrieben, wie ältere Menschen und insbesondere ältere Männer schon kraft ihres Alters und der Wahrnehmung ihres Älterwerdens zu hoffnungslosen Pessimisten wurden. Sie verwünschten die Welt oder ihre Welt, sie beklagten den allgemeinen Verfall oder den besonderen, sie hörten das Gras der Dummheit wachsen, sie begannen die Politik zu verfluchen oder die Muslime oder die Faschisten, die bereits wieder kräftig am Ruder seien.

Es gab große Dichter, von der Antike bis zur Gegenwart, die dieses Phänomen des Zusammenhangs zwischen Pessimismus und Älterwerden beschrieben hatten. Manche mit kaltem, sezierendem Blick, andere mit Humor und der Erkenntnis, dass es fast unmöglich war, dagegen anzukämpfen. Weder war man selbst dagegen gefeit, wenn man älter wurde, noch hatte es viel Sinn, den anderen, den schimpfenden Greisen, dauernd die Leviten zu lesen. Sie würden sich kaum ändern, und umso weniger, als sie oft erleben konnten, wie ältere und alte Frauen, zum Beispiel ihre Ehefrauen, Optimistinnen blieben, indem sie zum Beispiel den Nachwuchs der Enkel und Urenkel nicht als *memento mori* nahmen, nicht als etwas, was die zunehmend unerreichbar werdende Zukunft verkörperte, der man neidisch hinterhersah, sondern als die Kraft der Generationen zwischen Kommen und Gehen.

Sophia war keine Pessimistin gewesen. Sie hatte auch nicht im Optimismus gebadet. Matteo hatte viel von ihr gelernt. Er hatte gelernt, sich am Gegenwärtigen zu freuen. Sophia hatte Matteo einmal gesagt, *»freue dich an den Büchern, aber freue dich an dem Buch, das du gerade liest«*, und das was mehr und klüger gewesen als alle sogenannte Lebenskunst, die so sehr in Mode gekommen war.

»Wie geht es dir jetzt? Geht es etwas besser?«

Carlas Stimme klang weiterhin besorgt, sogar ängstlich. Matteo berichtete, welches Medikament er gegen die Kopfschmerzen genommen hatte. Carla lobte ihn. Ihre Stimme klang entfernt und müde.

Das Problem, so Carla, war, dass man noch immer nicht wusste, ob Matteo die Seuche hatte, *diese* Seuche. Im Augenblick war es nicht möglich, den entsprechenden Test zu machen. Die Krankenhäuser waren überfüllt, vor den Sprechzimmern der Ärzte stauten sich die Menschenschlangen, man versuchte, das Nötigste zu besorgen, was nichts anderes hieß, als dass Tausende, vielleicht Zehntausende buchstäblich auf der Strecke bleiben würden, natürlich vor allem die Alten und Schwachen.

Wenn Carla erregt war, fiel sie mitunter in eine harte, geradezu männliche Sprache. Matteo wusste nicht, woher das stammte. Carlas Vater war früh gestorben, es hatte nicht viele Gelegenheiten gegeben, seine Art zu studieren. Als sich Matteo eines Tages wieder gefragt hatte, warum Carla noch keinen Verlobten hatte, während doch fast alle Mädchen ihres Alters in dieser Stadt einen Verlobten hatten, schoss ihm der Gedanke durch den Kopf, dass Carla mehr an Frauen als an Männern interessiert sein könnte.

Daher der gelegentlich harsche Ton. Daher das energische Auftreten. Daher die Sicherheit, die Carla ausstrahlte, auch wenn man sich, obzwar selten, darin täuschen konnte.

Und wenn es so wäre? – Matteo war in einem Haushalt aufgewachsen, der in vielem so beschaffen war, dass sich dort das Spießertum in aller Breite und Zufriedenheit niedergelassen hatte. Das selbstgefällige Spießertum, wie es in allen kleinen und oft auch in den großen Städten mit Händen zu greifen und zu riechen war. Als Matteo ein Kind war, hatte er gesehen, wie sich in einem Garten, der an den Garten des Hauses von Matteos Familie stieß, zwei Männer umarmten. Nicht so umarmten, wie es in Matteos Land alter Brauch und geradezu Sport war, sondern innig umarmten, so, wie es niemals hätte vorkommen dürfen zwischen zwei jüngeren Männern.

Schau weg! Du hast nichts gesehen! – Viel später realisierte Matteo, dass seine Mutter, die eine Weltmeisterin im Verdrängen unangenehmer Erscheinungen war, von denen es wahrhaftig viele gab, eine seltsame Praxis zur Meisterschaft gebracht hatte. So sagte sie tatsächlich oft *schau weg!*, während doch das Ereignis, das so entschieden danach verlangt hätte, dass man wegsah, bereits vergangen war. *Besser spät als nie* war ein anderer Spruch, der ebenfalls so tat, als hätte die Physik der Zeit für Matteos Mutter keine Geltung beanspruchen können.

Was Carla berichtete, stimmte alles andere als zuversichtlich. Im Fall von Matteo war der Test nicht möglich. Mindestens noch nicht möglich. Wenn Matteo Carla richtig verstanden hatte, müsste Matteo erst wirklich starke Symptome entwickeln, damit ein Grad von Schwere gegeben wäre, einen Test zu veranlassen.

Wie das zu geschehen hätte, war nicht klar. Entweder wäre ein Krankenwagen vorgefahren und hätte Matteo abgeholt, aufgeladen, eingepackt und auf irgendeiner Rampe des Krankenhauses abgeladen, worauf das Pflegepersonal gekommen wäre und Matteo in ein Sprechzimmer geführt hätte. Matteo hätte den Mund geöffnet, und man hätte einen Abstrich gemacht.

Und dann? – Es war nicht klar, was dann mit Matteo geschehen wäre. Zum Beispiel hätte man Matteo, immer vorausgesetzt, der Test wäre positiv ausgefallen, in ein überfülltes Krankenzimmer gesteckt und gehofft, dass Matteos eigene Kräfte dafür sorgen würden, ihn am Leben zu erhalten.

Oder man hätte herausgefunden, dass Matteo nicht an dieser Seuche litt, sondern an einer kommunen Grippe, die natürlich ebenfalls gefährlich werden konnte. Worauf man ihn aber *aus logistischen Gründen*, wie es schön hieß, wieder nach Hause gefahren hätte, wo Matteo seine Selbstmedikation und alles andere fortgesetzt hätte.

Gab es mittlere Fälle? Solche Fälle, die nicht gleich dazu führen müssten, dass sämtliche Alarmglocken geläutet wurden? Vermutlich schon. Allerdings wusste wohl niemand, wie lange die mittleren Fälle auf diesem Niveau verharren würden. Und man wusste auch nicht wirklich, ob es besser wäre, die Mittleren wieder in ihre eigenen isolierten Wände zurückzuschicken, oder sie im Gegenteil im Krankenhaus zu behalten.

Wenn Matteo seine Nichte richtig verstand, war Not am Mann, und die Not wuchs mit jeder Stunde. Mit jeder Stunde wurden neue Infektionen gemeldet. Dabei handelte es sich logischerweise nur um die getesteten Fälle. Carla erzählte, während ihre Stimme monoton geworden war, dass es einen riesigen Graubereich gebe. Man vermute, dass die Seuche schon auch viele Junge gefunden habe.

Diese aber, die Jungen und die Jüngeren, so Carla, entwickelten nicht selten nur schwache oder sogar gar keine Symptome. Während sich diese Altersgruppen also häufig gesund wähnten oder bloß leicht krank und damit nicht gefährdet, könnten sie doch jederzeit andere anstecken, die wieder andere ansteckten, und zuletzt träfe dieser Schneeballeffekt immer härter und folgenreicher die Älteren und die Alten.

»Was das heißt, muss ich dir ja nicht erklären.«

Wieder dieser Ton. Andererseits musste sich Matteo sagen, dass ihn Carla schon zu Beginn dieses Telefonats gefragt hatte, ob ihn ihre Berichte langweilen würden.

Falsche Frage. Denn natürlich würden Matteo Carlas Berichte aus dem Inneren des Orkans namens Seuche nicht langweilen. Wie wäre das in seiner und in der allgemeinen Situation überhaupt möglich? Etwas anderes war, dass sich Matteo ängstigen, zu Tode fürchten könnte. Dass er mit Schreckensbildern, wie sie sich vermutlich immer mehr in der Richtung des *Decamerone* zur Zeit der Pest in Florenz entwickelten, nicht unbedingt motiviert würde.

Wie viel Wahrheit erträgt der Mensch?

Gute Frage. Aber es hatte keinen Sinn, zu versuchen, sie im Grundsätzlichen zu beantworten. Es kam, wie man richtig sagte, auf die Umstände an.

Als bei Matteos Frau die Krankheit zum Tod diagnostiziert worden war, hatten sich Matteo und der Arzt getroffen und ein langes schwieriges Gespräch geführt. Eigentlich war es ein Selbstgespräch gewesen. Der Doktor hatte vor allem zugehört, hie und da etwas eingeworfen und Matteo versichert, dass er mit allem Nötigen zur Verfügung stehen würde. Matteo war zum Schluss gekommen, dass es am besten war, wenn er Sophia die Wahrheit sagte.

Sophia hatte wortlos zugehört. Sie hatte am Anfang gemeint, dass die Krankheit, die sie herumtrug, zwar schwierig, aber mit Gottes und der Ärzte Hilfe heilbar wäre. Sie war nicht davon ausgegangen, dass sie sterben müsste. Sie war optimistisch geblieben und hatte diesen Optimismus auch auf Matteo übertragen wollen.

Dann hatte Matteo seiner Frau die Wahrheit gesagt. Sie hatte in dem Plüschsessel gesessen, hatte zuerst zum Boden, dann zur Decke geschaut, dann die Hand nach Matteos Hand ausgestreckt und schließlich nur drei Worte gesagt. *So sei es.*

Sophias Krankheit hatte ziemlich genau drei Monate gedauert. Es gab Krankheiten und Krankheiten. Matteo hatte den Vortrag eines Pharmakologen gehört, der sein Publikum wortreich darüber aufklärte, dass es dreihundert verschiedene Arten von Krebs gebe. Dabei hatte der Pharmakologe wie der Kapitän der *Titanic* gewirkt, der seinen Passagieren gerade versprach, dass das Schiff unter keinen Umständen sinken könne. *Selbst Gott könnte dieses Schiff nicht zum Sinken bringen.*

Sophia hatte sich in Gottes Hand begeben. Ihre Krankheit hatte, wenn man so sprechen oder denken durfte, den Vorteil gehabt, dass Sophia häufig noch anwesend, geistig da war. Sie blieb häufig ansprechbar, und sie konnte ihrerseits sprechen und Dinge sagen, die ihr nun wirklich wichtig wurden, während sie sich von dem vielen Ballast befreite, den ein gesundes Alltagsleben laufend um sich aufhäufte.

Aber es gab Krankheiten wie die Seuche, die anders waren. Perfider.

Noch perfider. Jedenfalls in manchen, vielleicht in vielen Fällen, so genau wusste es Matteo nicht. Matteo hatte in der Zeitung gelesen, dass man Kranke, die große Atemnot hatten, in ein künstliches Koma versetzte, in welchem sie künstlich beatmet wurden. Man hoffte, dass diese Menschen eines nahen Tages wieder selbst zu atmen begännen, worauf die Wette auf ihr Überleben neu anzusetzen wäre.

Carla versprach, heute noch einmal vorbeizukommen. Sie würde Matteo die Zeitung bringen, was allerdings bedeutete, dass er sich aufregen könnte.

»Reg dich bitte nicht auf.«

Wieder so ein Satz. Er hätte von Matteos Mutter stammen können. Im Moment, da er über die Lippen gegangen war, hatte er bereits das Gegenteil erreicht. Wenn er überhaupt das Gegenteil des Gegenteils hatte erreichen wollen.

Als Carla auflegte, hatte die euphorisierende Wirkung des Medikaments nachgelassen. Zwar glaubte Matteo immer noch, den Durchblick zu haben. Andererseits hatten ihn Carlas Reportagen aus dem wahren Leben und Sterben der Menschen in seiner Stadt von der Literatur der Renaissance zurück auf den harten Boden seiner Wohnung gebracht.

Da war noch etwas gewesen. Etwas, das Matteo

keine Ruhe ließ. Matteo kannte wie wir alle das Gefühl, dass noch etwas herumspukte oder herumschwirrte, das wichtig gewesen wäre. Man hätte es beispielsweise im Gespräch noch zur Rede bringen wollen. Oder man hätte es mit und vor sich selbst noch bedenken und ordnen wollen. Oder man hätte es in ein Tagebuch geschrieben. Oder man hätte es erkannt, verpackt und dann aus dem Kopf und in den Müll geworfen.

Plötzlich wusste Matteo wieder, was dieses *Etwas* gewesen war.

6

Es waren die letzten Worte gewesen, die der Kutscher Matteo ins Gesicht gesprochen hatte. Dabei hatte er eine Grimasse geschnitten und wie ein Teufel aus der Unterwelt ausgesehen. Matteo war so sehr erschrocken, dass er im Traum ohnmächtig geworden war, was zur Folge gehabt hatte, dass er aufgewacht war.

Dort geht es zur Rampe. Vorwärts. Marsch.

Boccaccios Beschreibung der Zustände in Florenz war der Auslöser gewesen. Boccaccio beschrieb, wie man der Leichen nach und nach nicht mehr Herr wurde und sie deshalb Schicht für Schicht in riesigen Gruben verscharren musste.

Das war es. Diese paar Sätze aus einem Stück Dichtung der Renaissance hatten sich in Matteos Gehirn verselbstständigt. Sie waren in den Traum eingegangen, den Matteo träumte. Aber sie hatten sich nicht linear fortgesetzt, als ob sie die Szene mit der Wegschaffung der Leichen weiterschreiben wollten. Vielmehr hatten sie sich in eine andere, noch viel schrecklichere Wirklichkeit verwandelt.

Diese Wirklichkeit war das Konzentrationslager Auschwitz zur Zeit der Herrschaft der Nationalsozialisten. Und das Unheimliche war darüber hinaus, dass Matteo in seinem Traum nicht etwa die Leichenberge sah oder die Anlagen mit den Öfen, in denen die Leichen verbrannt wurden. Nein. Zwar befand sich Matteo im Traum in dieser Wirklichkeit. Aber er erlebte erst den Beginn des Grauens. Er erlebte die Rampe, wohin er geschickt würde, worauf er dort von den Aufsehern gemustert und sein Schicksal besiegelt würde.

Matteo war erregt. Warum hatte sein Gehirn diese Verbindung von Florenz nach Auschwitz hergestellt? Warum fand er sich am Ende seiner schrecklichen Fahrt mit der Kutsche in der Rolle eines Bezeichneten? Welche verborgenen und verbotenen Erinnerungen waren dafür verantwortlich, dass sich die Geschichte so fortsetzte?

Fragen über Fragen. Matteo ging zu den Regalen und begann zu suchen. In diesen Holzgestellen befanden sich wohl etwa zweitausend Bände. Das war einerseits viel. Andererseits wenig, wenn Matteo mit der Buchhandlung und ihrem Antiquariat verglich. Dort lagerten weit mehr als zehntausend Bände. Viele waren registriert und mit einer Nummer versehen. Andere stapelten sich seit Jahren als hohe Pfeiler, die darauf warteten, ebenfalls registriert zu werden.

Carla hatte Matteo geholfen, die Registraturen vorzunehmen. Aber bald war es ihr zu mühsam geworden. Zum einen bedauerte sie die vielen Bücher, die noch unerkannt und ungeschätzt herumstanden oder herumlagen und auf ihre Registratur und den entsprechenden Platz im Lager warteten. Zum anderen war es ein dunkles und staubiges Geschäft. Eine junge Frau konnte sich Besseres vorstellen, als hier unten, in Matteos Antiquariat, die Wächterin über die Bücher zu spielen. Lieber plauderte Carla mit Kunden, wies sie auf interessante Novitäten hin und freute sich darüber, wenn ihre charmante Art erwidert wurde.

Matteo suchte den Bildband. Er fand ihn nicht. Deshalb, so folgerte Matteo, musste er irgendwo im Lager sein. Der Bildband war in den Sechzigerjahren des 20. Jahrhunderts erschienen. Er reagierte damals auf einen Prozess von Bewusstwerdung. Vorher hatten die Deutschen so getan, als wäre Auschwitz etwas gewesen, was nur die Spezialisten der Nazis still und unauffällig betrieben hatten. Aber nach den ersten größeren Gerichtsprozessen, in denen nicht nur die Vollstrecker auftraten, sondern auch viele Zeugen, war diese Illusion verdampft.

Der Bildband trug, zusammen mit anderen Büchern, dazu bei, dass der Welt die Augen geöffnet wurden. Plötzlich sah man es schwarz auf weiß. Auf Fotografien des Grauens, die von den Befreiern der Konzentrationslager gemacht worden waren, sah man große Berge von Leichen. Die Leichen waren auf furchtbare Weise entstellt. Sie bestanden fast nur noch aus Haut und Knochen. Babyleichen, Kinderleichen, Leichen von jungen Frauen, von jungen Männern, von reifen Männern, von reifen Frauen, von Greisen und Greisinnen zeigten sich dem harten Licht der Öffentlichkeit.

Wie hatte so etwas geschehen können?

Matteo setzte sich an den Schreibtisch. Das Fieber war wohl wieder gestiegen. Der Traum oder Albtraum hatte den Träumenden geschwächt. Es gab heitere Träume. Sie bewirkten, dass man den Morgen mit doppelten Kräften anpacken wollte. Es gab Albträume, die so tückisch beschaffen waren, dass sie versuchten, den Träumenden gleich wieder in ihr Reich zurückzuholen, obwohl dieser längst erwacht war.

Ein Zweig der Familie Sophias war jüdischer Abstammung gewesen. Die Verwandten waren ursprünglich in Rumänien ansässig gewesen und dann nach Österreich gekommen. Sie hatten sich im Handel mit Textilien und Pelzen einen Namen gemacht. Nachdem die Nazis in Wien einmarschiert waren, wurde es schnell gefährlich. Die Verwandten hatten zu lange gewartet. Aber was hätten sie tun sollen? Sie konnten sich nicht vorstellen, was möglich würde. Alle endeten in den Lagern und wurden in den Gaskammern ermordet.

Es wurde Nachmittag. Bald kam der Abend. Matteo spürte, dass ihn das Gefühl für die Tageszeiten zu verlassen begann. Das lag natürlich an der Krankheit. Aber es lag auch daran, dass Matteo die Wohnung seit Wochen nicht mehr verlassen hatte. – *Lauf ja nicht in der Gegend herum.* – Matteo hatte Carlas Warnung ernst genommen. Das Resultat war, dass er die vier Zimmer seiner Wohnung im dritten Stock als Kerker empfand.

Nein, das traf nicht ganz zu. Wo Bücher lebten und das Leben der Menschen teilten, gab es immer noch freie Sicht. Wie auf der Radierung eines italienischen Künstlers. Der Künstler hatte eine ganze Folge von Kerkern entworfen. Diese *Carceri*, wie sie hießen, waren fast alle so gebaut, dass sie klaustrophobisch wirken sollten. Weite Hallen, Balustraden, Treppen, Bögen, Brücken, aber immer tief nach unten in den Boden verlegt. Eine Ansicht jedoch zeigte auch die Außenwelt und den Himmel. Sie bildete, dachte Matteo, das ironisch gewordene Lebenszeichen nach draußen.

Carla hatte gesagt, dass sie Matteo die Zeitung vor die Tür legen würde.

Mal schauen, ob es so weit ist.

Leise öffnete Matteo die Wohnungstür. Leise war relativ. Drehte man den Türknopf, setzte man die Tür in Bewegung, so geschah zuerst nichts. Dann begann die Tür zu stöhnen und auf dem Stein zu schleifen. Die Kunst bestand darin, dass man die Tür am Türknopf leicht anzuheben versuchte. Wenn das gelang, lief die Tür viel ruhiger in den Lagern, und das schleifende Geräusch war nur noch ein sanftes Wischen wie das Wischen der Hand über ein Stück Stoff.

Matteo war zu schwach. Die Tür ächzte und knirschte, und je weiter Matteo sie aufstieß, umso störrischer schien sie zu werden. Endlich konnte Matteo den Arm durch die Tür strecken und die Zeitung packen, die auf dem Boden auf ihn gewartet hatte.

Die Bücher waren der Anschluss, die Brücke, das Tor zur Welt. Die Zeitung war es auf andere Weise. Matteo war kein gieriger Zeitungsleser. Wenn er Männer seines Alters beobachtete, die im Café saßen und so taten, als verschlängen sie jede Zeile, musste er insgeheim lachen. Die Menschen wussten oft nicht, was sie da zur Brust nahmen, auch wenn sie wie Wissende umherguckten, dachte er.

Er legte die Zeitung auf die Konsole, die in der Diele stand. Dort hatte Sophia jeweils ihren Schlüsselbund deponiert. Aus irgendwelchen Gründen hatte sie Matteo davor gewarnt, den Schlüsselbund im Schloss der Wohnungstür stecken zu lassen. Matteo hatte gehorcht. Jetzt legte er den Schlüsselbund auf die kleine Decke aus Brokat, die für die Eheleute den Namen *Schlüsseldecke* trug.

Die Wohnung war also nicht nur Gefängnis. Sie war in diesen Zeiten der Seuche vielleicht sogar weniger Gefängnis, als wenn Matteo nur das Bein gebrochen hätte. Denn paradoxerweise bewirkte die Quarantäne, dass sich Matteo, jedenfalls solange ihn seine Körperkräfte dabei unterstützten, auf die geistigen Werte konzentrierte.

Das war kein Paradox. Es gab viele Beispiele aus der Weltliteratur, die eindrucksvoll zeigen konnten, wie man räumliche Enge in geistige Weite verwandeln konnte. Vorausgesetzt, man war dazu befähigt, die Schritte, die dazu erforderlich waren, auch mutig zu gehen. Eines der eindrucksvollsten Beispiele, dachte

Matteo, war der große französische Schriftsteller Marcel Proust, der den größten Teil seines monumentalen Hauptwerks in der selbst gewählten Isolation oder Quarantäne verfasst hatte.

Proust hatte sich in sein Schlafzimmer zurückgezogen, dessen Wände er mit Kork ausschlagen ließ, damit die Geräuschkulisse der Großstadt Paris nicht zu ihm durchdringen konnte. Dann schrieb er an seinem Roman. Damit noch nicht genug. Proust vertauschte Tag und Nacht, um noch ungestörter arbeiten zu können. Während die anderen in den Morgen stürzten, um ihr Tagwerk zu beginnen, wartete Proust in seinem Bett darauf, dass er den Schlaf fände.

Es war lächerlich, sich mit diesem Dichter vergleichen zu wollen. Das war Matteo völlig klar. Andererseits war ihm ebenso klar, dass er nur überleben würde, wenn er genügend kräftig bliebe. Kraft setzte Motivation voraus, und Motivation gründete nicht auf Nichtstun. Sie musste genährt werden. Matteo war seit dem Beginn der Quarantäne bewusst, dass seine Bücher die erste Quelle der Motivation waren.

Die zweite Quelle war Carla. Carla war der Grund, warum Matteo bis zuletzt um sein Leben kämpfen würde. Das klang pathetisch. Aber Carla hatte Matteo immer wieder deutlich gemacht, wie sehr sie ihn, Matteo, brauche.

Dafür gab es wenig konkrete Hinweise. Es war nicht so, dass Carla Seite an Seite mit ihrem Onkel durch das Museum für zeitgenössische Kunst gewandert wäre. Oder dass Carla Matteo ihre intimsten Geheimnisse verraten hätte. Ganz im Gegenteil. Hingegen spürten beide, Carla und Matteo, dass sie etwas aneinander hatten. Ein Band der Nähe ohne Worte, wie man es zum Beispiel als Zuschauer fühlen konnte, wenn man antike Büsten betrachtete, die über die räumliche Trennung hinweg, die der Bildhauer subtil berechnet hatte, einander zugewandt waren und blieben.

Indem Matteo die Bücher hatte und sie las, und indem er Carla hatte, die er liebte, wie man eine Nichte liebte, hoffte er, die Kräfte zu nähren, die ihn über diese Zeit der Seuche hinwegtragen würden.

Vier Zimmer. Eines davon voll mit Büchern. Das andere das Schlafzimmer, dominiert von dem alten Doppelbett aus Eiche. Ein weiteres das Wohnzimmer, wo Sophia und Matteo gesessen und geredet hatten und wo sie früher, lange war es her, manchmal Besucher empfangen hatten. Das vierte Zimmer. Eine Kammer. Ein Ort für die Kleider, für Geräte, die man brauchte, für Schachteln, die voll von Erinnerungen waren, für anderes, das Matteo vergessen hatte.

Trotzdem wurde Matteo die Wohnung zu eng. Solange er nicht an sein Bett gefesselt wäre und nur noch aufstehen würde, um zur Küche oder ins Bad zu schlurfen, wurde die Wohnung immer enger. Matteo musste einen Weg hinunter in die Buchhandlung finden. Das war riskant. Aber das Bedürfnis nahm immer klarere Dimensionen an. Es spukte in Matteos Kopf, als ob die Buchhandlung das Heil aller Dinge, der

Hort allen Glücks gewesen wäre. Ein Paradies, das Matteo verlieren würde, je mehr die Krankheit von ihm Besitz ergriffe.

Matteo hatte versucht, die Buchhandlung im Kopf zu besuchen. Wie es Proust gelungen war, die prächtigen Feste der Pariser Gesellschaft noch einmal im Kopf zu besuchen, nachdem er sie längst verloren hatte, um sie darauf so zu schildern, dass sie noch prächtiger wurden und überdies auch unvergänglich, indem sie Literatur wurden.

Jetzt dachte Matteo wieder daran, wie er die Buchhandlung besuchen würde. Wie er die Regale abschreiten, die Beistelltische inspizieren, die Register durchblättern, die Schaufenster von innen her ausspähen würde.

»Hast du die Zeitung gelesen?«

Carla schien unermüdlich. Unermüdlich in ihrer Anteilnahme für den Onkel, von dem sie glaubte, er sei an der Seuche erkrankt, die ihm bald nur noch wenig Zeit lassen würde.

Und dann? Was wäre, wenn?

Was wäre, wenn Matteo sterben würde? Natürlich hatte sich auch Matteo selbst diese Frage gestellt. Die Sache war, dass Matteo keine Antwort wusste. Wenn sich Matteo vorstellte, dass er tot war, dann war er tot, bald begraben, bald vergessen. Das war normal. Weniger angenehm war der Gedanke, dass Carla, seine Erbin, mit ein paar lästigen Aufgaben zurande kommen müsste. Carla müsste die Wohnung räumen. Gut, das war machbar. Sie würde den Entrümpler holen oder die Müllmänner, und die Wohnung würde Stück um Stück geleert. Vielleicht würde Carla den Plüschsessel, auf dem ihre Tante so gern geruht hatte, zu sich nehmen.

Aber die Bücher? Hier begann das Elend. Zuerst die Bücher in Matteos Arbeitszimmer. Meist schwere Brocken aus der Zeit, als Bücher noch aufwendig gedruckt und kostbar gebunden wurden. Und dann die Bücher der Buchhandlung und des Antiquariats.

Vermutlich wäre es am besten, wenn Carla jemanden fände, der alles in einem einzigen großzügigen Aufwasch übernähme. Eine Leihbibliothek. Ein anderes Antiquariat. Im besten Fall jemand, der sich sagen würde, gut, ich wollte schon immer Buchhändler sein, jetzt bietet sich die Gelegenheit, ich übernehme alle Bücher und den Laden dazu.

Matteo musste lachen. Er saß auf der Bettkante, unschlüssig, ob er auf das weiche Floß zurücksteigen oder nicht doch besser am Küchentisch die Beipackzettel der Medikamente studieren sollte.

Nein, er hatte die Zeitung noch nicht gelesen, und Carla darüber informiert, dass er sie noch nicht gelesen hatte. Es war ein kurzes Telefon gewesen. Er habe, hatte er Carla gesagt, noch keine Zeit gehabt. Zum ersten Mal seit dem Ausbruch der Krise oder Seuche hatte Carla laut durch den Hörer gelacht.

»Na, so was! Der Herr Onkel hat noch keine Zeit gehabt. Das ist ein gutes Zeichen. Du bist mit Wichtigem beschäftigt. Donnerwetter, Herr Direktor.«

Wer wollte heutzutage noch eine Buchhandlung übernehmen? Wer wollte sich sein Brot mit dem Verkauf von Büchern verdienen? Wer wollte mit Kunden reden und reden, die am Ende doch kein Buch kaufen würden oder es am nächsten Tag im Internet bestellen würden, weil es dort billiger war?

Seit fünfzig Jahren war Matteo im Geschäft, seit vierzig Jahren besaß er sein eigenes Geschäft, seit zwanzig Jahren konnte er registrieren, wie die Ausgaben stiegen und die Einnahmen sanken. Das sogenannte Modell war nur noch möglich, weil Matteo wenig Miete zahlen musste, was nicht bis in alle Ewigkeiten so bleiben dürfte, und weil er selbst ein bescheidener Mensch war, der keine großen Wünsche hatte.

Matteo rutschte auf der Bettkante hin und her. Am liebsten hätte er sich unter die Decke gekuschelt. Regression. Das war gefährlich. Wer sich, wenn er krank war, zu sehr gehen ließ, der war bald am Ende. Das galt auch für die Gesunden, die damit den Anschluss verpassten und am Ende selbst überflüssig wurden. Etwas Schlimmeres war kaum vorstellbar.

Während Matteo so saß und sich kindisch vorkam, wusste er zugleich, dass der Abstieg unvermeidlich war. Es gab nur eines. Sobald es hinreichend dunkel war, würde sich Matteo nach unten schleichen, in seine Buchhandlung. Er würde nach dem Rechten sehen. Vielleicht würde er sogar so tun, als wenn er sich mit Kunden unterhielte. Mit Kennern von Büchern, die etwas Besonderes suchten, was ihnen Matteo nach einigen Diskussionen über den Preis schließlich anbieten würde.

Er setzte sich auf, stemmte die Arme auf die Bettkante, drückte den Oberkörper nach vorn und stand nach zwanzig Sekunden auf wackligen Beinen. *Jetzt die Weltreise.* – Matteo ging durch das Schlafzimmer in die Diele. Er fischte sich die Zeitung, presste sie unter den Arm, damit er, falls er fiele, die Hände frei hätte, und schwankte in die Küche.

In der Küche war es kalt. Es war viel kälter, als es der Frühling erlaubte. In den hohen, dunklen Häusern hielt sich die Kälte noch lange. Das war ein Vorteil, wenn draußen die Hitze explodierte und einem der erste Schritt auf die Gasse den Atem raubte. Matteo wusste, dass es sinnlos war, am Radiator zu drehen. In seinem Zustand hätte er sich niemals zu Boden beugen und das Rad des Radiators zu drehen vermocht.

Matteo erstarrte. Er hatte die Zeitung aufgeschlagen und las die Schlagzeilen. Bevor er die Schlagzeilen richtig lesen konnte, sah er die Bilder. Zwei große, farbige Bilder.

Auf dem ersten Bild sah man einen Mann. Der Mann trug einen dunklen Mantel, unter dem ein weißes Hemd mit Krawatte hervorlugte. Die Hände des Mannes hielten ein Gebinde aus Blumen. Der Kopf des Mannes war mit einer weißen Maske bedeckt. Wie bei einem Terroristen sah man nur die Augen. Die Augen blickten unsäglich traurig. Links im Bild, im Vordergrund, sah man einen Teil der Längsseite eines hellbraunen Sargs.

Aber das war es nicht. Oder noch nicht ganz. Dieses erste Bild zeigte den Tod durch die Seuche. Doch es zeigte ihn so, dass nur die Maske darauf schließen lassen konnte, dass es die Seuche war, die wieder zugeschlagen hatte. Alles andere war gewissermaßen normal.

Die zweite Fotografie war ebenfalls normal. Nein, das stimmte nicht. Sie war das Gegenteil von normal. Sie war während der Nacht gemacht worden. Eine Kolonne von schweren Lastwagen, deren Scheinwerfer und Schlusslichter scharf in die Nacht strahlten, war auf einer Straße unterwegs. Rechts von der Straße waren schräg parkierte Autos zu sehen. Im Hintergrund war ein Park zu sehen. Die Bildlegende klärte über das Geschehen auf.

Matteo las langsam, als müsste er buchstabieren.

Krematorien überfordert: Militärlastwagen transportieren Särge mit Corona-Toten ab.

Carla hatte Matteo darauf vorbereitet. Hatte sie das Kopfblatt der Zeitung gesehen, bevor sie die Zeitung vor Matteos Wohnungstür legte? Hätte sie Matteo diese Zeitung mit diesen Bildern vorenthalten sollen? Sagen sollen, die Zeitung sei heute nicht erschienen, was ihr Matteo ohne jedes Zögern geglaubt hätte? Hätte Carla die Seite mit den Fotos herausnehmen sollen?

Was für Fragen. Matteo las den Bericht. Er erfuhr, was ihm Carla bereits angedeutet hatte. Die Toten konnten nicht mehr kremiert werden. Es gab zu wenig Krematorien und zu viele Tote. Deshalb wurden die Toten, die in immer größeren Mengen anfielen, außerhalb der Stadt begraben. In großen Gruben. In riesigen Trichtern. Und während diese Vorstellung schon schrecklich genug war, erschienen Matteo die Militärlastwagen wie Ungeheuer, die die Macht übernommen hatten und mit ihrer Beute einen Triumphzug durch die Stadt der Sterbenden und der Toten abhielten.

Matteo war todmüde, und er war hellwach. Er war so wach, dass der Kopfschmerz wieder zu nagen begann. Das war es. Das war die Wiederholung.

Was Boccaccio vor mehr als sechshundert Jahren geschildert hatte, bevor er kunstvoll ausmalte, wie die zehn Begünstigten ihre Flucht vor der Pest in einem Landhaus zu feiern begangen, hatte sich hier und heute wiederholt. Hier und heute tat man dasselbe. Man schaffte die Toten weg, weil sie keinen Platz mehr hatten. Früher hatte man Karren aus Holz, vielleicht auch Kutschen verwendet. Heute fuhren Motorlastwagen.

So viel zum Prozess der Zivilisation.

Sollte sich Matteo aufregen? Sollte er wütend werden? Sollte er mit unbekannten Bürokraten hadern, die es während vieler Jahrzehnte verpasst hatten, sich auf solche Fälle vorzubereiten?

Matteo warf einen zweiten Blutdrucksenker ein. Das war, wie sein Hausarzt erklärt hatte, normal, wenn es nötig wurde. Wenn Matteo zu hören begänne, wie ihm das Blut im Kopf zu sausen anfinge.

Matteo hatte ausgeharrt. Er hatte vor dem Küchentisch gewartet, bis der Blutdrucksenker seine Wirkung tat. Jetzt fühlte er sich ruhiger. Die heutige Ausgabe der Zeitung war tatsächlich dazu angetan, jeden in die Depression zu treiben, der sich als nächstes Opfer, als Leiche auf dem Verschlag der Militärlastwagen sehen musste. Matteo versuchte mit aller Kraft, dieses Bild wegzudrängen. Es würde seinen Plan empfindlich stören, vielleicht zum Absturz bringen. Was brächte es, wenn er, immer noch halbwegs bei Kräften, fortan nur noch herumläge?

Langsam schleppte er sich zur Kammer. Er öffnete die Tür. Er zwängte sich durch den schmalen Gang zwischen Kleiderschränken und Kartonschachteln. Er wischte sich den Schweiß von der Stirn. Er begann zu husten. Mit jedem Huster wirbelte eine Staubwolke hoch.

Matteo fand, was er gesucht hatte. Eine schwere Sporthose. Eine Wintermütze. Einen Winterpullover, der wie ein Kettenhemd in dem Holzschrank baumelte. Ein Paar Handschuhe aus Leder. Einen Schal aus Wolle. Und das Wichtigste. Turnschuhe, mit denen er im Winter durch die Gassen laufen konnte, ohne dass die Füße die Kälte gespürt hätten.

Ruhig Blut.

Matteo musste leise lachen. Als ob er sich für den Krieg, für den Winterkrieg in Russland rüsten würde. Dabei war alles doch ziemlich einfach.

Er hatte Hunger. Er hatte die Kleider ins Schlafzimmer geschafft. Sie lagen schön geordnet auf dem Bett. Fast wie eine Kleiderleiche, dachte Matteo. In der Küche wurde es wärmer, seit Matteo den Backofen aufgedreht und die Tür des Ofens aufgemacht hatte. Die Suppe war schnell zubereitet. Der Käse war vorbereitet. Matteo schnitt sich eine Scheibe Brot, bestrich sie mit etwas Butter, legte zwei Scheiben Käse auf das Brot und aß es mit schwerem Kauen, während er seine Suppe löffelte. Zur Feier des Plans trank er ein Glas Rotwein.

Jetzt, warten. Warten, bis die letzten Bewohner, die noch draußen arbeiten mussten, zurückgekehrt waren. Warten, bis sie sich zu Tisch setzten und zu essen und zu trinken begännen. Warten, bis niemand mehr auf die Idee käme, seine Wohnungstür zu öffnen und zu spionieren, ob draußen alles stimmte. Einbrecher hatten ohnehin eine schwere Zeit, denn sie waren nicht weniger als andere Leute gefährdet, und außerdem saßen die meisten Wächter über die Schätze und Trophäen aus dem bürgerlichen Dasein seit dem Ausbruch der Seuche zu Hause.

Die Uhr des Kirchturms schlug neun. Der Magnolienbaum musste schlafen. Die Gassen waren leer. Matteo stand bereit. Er hatte sämtliche Kleidungsstücke angelegt, die vorher auf dem Bett gewartet hatten. Langsam drehte er den Türknauf.

Im Treppenhaus war es still. Totenstill. Aber Matteo konnte riechen, was die Nachbarn getrieben hatten. Sie hatten gekocht, und was nun auf den Esstischen dampfte, fand den Weg durch die schweren Wohnungstüren. *Merke dir! Wo es nicht riecht, wird nicht gelebt.* – Die Großmutter hatte gepredigt, als wäre es um etwas Heiliges gegangen. Aber es stimmte. In Matteos Familie war die Küche die zweite, vielleicht sogar die erste Sakristei gewesen. Die Mutter aller Verwandlungen vom Rohen zum Gekochten. Damals kochte man so deftig, dass selbst der Teufel zu Tisch gesessen wäre.

Die Taschenlampe warf einen gelben Kreis. Matteo hielt sie gegen den Boden, konnte allerdings nicht verhindern, dass sein Arm immer wieder zitterte. Dann sprang der Kreis durch das Treppenhaus und beleuchtete im Sekundentakt das Geländer aus Guss, eine Wohnungstür, die da und dort verfleckten Stufen aus Stein oder die Deckenleuchten, die seit dem Ausbruch der Krise mit Notstrom liefen und dabei eine gespenstische Dämmerung erzeugten.

Zwei Stockwerke waren zu überwinden.

Als Matteo über den Flur des zweiten Stockwerks lief, hörte er hinter der Wohnungstür ein Lachen. Das Lachen ging ins Schreien über. Das Schreien wurde lauter. Matteo hörte Wortfetzen. Er hatte weder Zeit noch Kraft, sich zu konzentrieren. Der Streit konnte alles Mögliche zum Gegenstand haben. Matteo hatte in der Zeitung gelesen, dass sich die Leute seit dem Ausbruch der Krise wegen nichts und wieder nichts zu streiten begännen.

Als Matteo unterwegs vom zweiten zum ersten Stockwerk war, stolperte er. Ein Fehltritt. Eine winzige Unachtsamkeit. Damit war zu rechnen gewesen, jedenfalls in der Theorie des Plans. Deshalb hatte Matteo schon in der Theorie beschlossen, dass er sich mit der rechten Hand immer und unter allen Umständen am Geländer halten würde, während die linke Hand die Taschenlampe hielte. Für einen Kranken mit oder ohne Seuche keine kleine Aufgabe.

Bevor Matteo ins Rutschen kommen konnte, zog ihn seine Hand mit aller Kraft ans Geländer. Der Körper hatte sich gedreht, gefährlich gedreht, aber Matteo war nicht gefallen. Er stand verrenkt dicht am Geländer, hielt mit der anderen Hand die Taschenlampe, die zur Decke ging, und schaute in den Abgrund, der auf dieser Höhe kein richtiger Abgrund mehr war.

Als Kind war Matteo schwindelfrei gewesen. Bergtouren hatten ihm nichts ausgemacht. Einmal hatte eine Wanderung hart am Fels entlanggeführt, doch während die Eltern mit panischen Blicken nach allen Seiten für Unruhe sorgten, war Matteo über die Felsbänder gelaufen, als wäre alles nichts gewesen. – *Er wird noch Bergsteiger.* – Ein Onkel, der dauernd zu Übertreibungen neigte, irrte auch hier.

Der Schwindel begann, als Matteo gegen die dreißig ging. Früher hatte Matteo die Spirale des Turms von Pisa mir nichts, dir nichts erklommen. Nun scheiterte er bereits bei der zweiten Drehung. Die Höhe wurde zum Problem, sei es in hohen Häusern, sei es auf hohen Brücken, sei es in Gottes freier Natur.

Matteo hatte es geschafft. Niemand hatte eine Wohnungstür geöffnet. Kein Besucher war noch spät im Treppenhaus unterwegs. Die Stöckelschuhe der Professorin lagen auf dem Teppich ihres Schlafzimmers. Der Hauswart, übrigens ein fauler Bursche, saß vor seinem Teller. Matteo tastete sich über den Steinboden zum Eingang der Buchhandlung. Dieser Eingang war vom Treppenhaus aus bequem zu erreichen. Matteo steckte den Schlüssel in die Tür, drehte ihn zweimal im Schloss und öffnete leise die Tür.

Drinnen herrschte absolutes Dunkel. Die Schaufenster waren seit dem Ausbruch der Seuche verriegelt. Matteo hatte die schweren Metallläden noch selbst nach unten gezogen, worauf sie donnernd in die Fassung fielen. Zwar war es möglich, dass man noch immer einen Schein von Licht erkennen würde. Aber wer sollte sich zu Zeiten der Seuche darüber Gedanken machen, ob vielleicht ein Einbrecher sein Unwesen triebe. In einer Buchhandlung. Matteo drehte den Schalter, das Licht sprang an.

Es war kein starkes Licht. Auch in der Buchhandlung wurde gespart. Warum sollte Matteo Festbeleuchtung vorhalten, wenn auch schwächeres Licht genügte. Matteo liebte schwächeres, weicheres, ruhigeres Licht. Er sah immer noch genug, und wenn er Verstärkung brauchte, hatte er die Taschenlampe.

Er befand sich in seinem Reich. Nun kam es nicht so sehr darauf an, dieses Reich in vollen Zügen zu genießen. Dafür war zu wenig Zeit. Ein kurzer Rundgang würde reichen und Matteos Verfassung Rechnung tragen. Das eigentliche Ziel war etwas anderes.

Das Ziel war ein Buch. Ein besonderes Buch. Das dritte Buch auf der Wanderung durch die Literatur der Seuchen. Matteo schlurfte durch einen dunklen Korridor. Dieser verband die Buchhandlung mit dem Antiquariat. Wo früher ein Türsturz gewesen war, hatte Matteo beidseits in zwei parallelen Reihen Bücher aufgeschichtet, bis die Pfeiler oben zusammenliefen. Jetzt bildeten sie einen Brückenbogen aus Büchern, was manche Besucher dazu veranlasste, Rufe der Bewunderung auszustoßen.

Matteo schlich weiter, bis er vor einem Gestell stand, das mit einem Gitter versperrt war. Matteo nahm den kleinen Schlüssel, der am Bund befestigt war, und öffnete das Gitter. Die Taschenlampe warf ihren Strahl auf das vierte Regal. Matteo drückte die Nachbarbücher, die das Buch einrahmten, sanft zur Seite und zog das Buch heraus. Es ließ sich so leicht herausziehen, als hätte es auf Matteo gewartet.

7

Es handelte sich um die Erstausgabe des Buches. Das Buch war erstmals im Jahr 1722 in London erschienen. Das Titelblatt bezeichnete dieses Buch als *A Journal of the Plague Year.* Der Verfasser wurde auf dem Titelblatt als *a Citizen who continued all the while in London* vorgestellt.

Der Verfasser war Daniel Defoe.

Als Kind hatte Matteo *Robinson Crusoe* mit Begeisterung gelesen. Als Erwachsener hatte er die ungekürzte Ausgabe mit Begeisterung und Bewunderung gelesen. Hier war es einem Schriftsteller gelungen, den Alltag und das Geheimnis, das Genaue und das Rätselhafte auf organische Weise zu kombinieren. Was Fiktion war, erschien als Realität, und was auf Robinsons Insel Tag für Tag Wirklichkeit war, hatte zugleich den Glanz der Abenteuer.

Als Matteo über das alte Buch strich, das andere, das weniger berühmte Buch von Defoe, das Tagebuch von der Pest, wurde ihm anders. Vor fast dreihundert Jahren hatten Menschen diese erste Ausgabe in Händen gehalten, die frisch aus der Druckerpresse gekommen war. Den meisten Lesern war der Name des Verfassers bekannt. *Robinson Crusoe* hatte ihre Gemüter erhitzt. Das *Journal of the Plague Year* hingegen war von anderer Beschaffenheit.

Erst sehr viel später fand man heraus, dass Daniel Defoe geschwindelt hatte. Was er keck und stolz behauptete, dass er nämlich Augenzeuge der Pest gewesen sei, als diese in London wütete, stimmte nicht. Jedenfalls nicht so. Defoe war damals nicht etwa als erwachsener Mann, als Reporter und Statistiker, als Detektiv und Ermahner, in der Hauptstadt gewesen. Vielmehr schilderte er die Pest in London vom Jahr 1665 aus der Rückschau. Und aus dem Gedächtnis eines Zeugen, der zur Zeit der Ereignisse in Tat und Wahrheit ein kleiner Junge gewesen war.

Aber war das Tagebuch deshalb weniger ernst zu nehmen? War es weniger zuverlässig? War es weniger authentisch?

Matteo setzte sich in seine Ecke. Hier, wo es geschützt und gemütlich war, pflegte er die besonderen Kunden zu empfangen. Kunden, die besondere Bücher suchten und wussten, wonach sie suchten.

Die Erstausgabe von Defoes *Journal of the Plague Year* war ein Rarissimum. Ein Leckerbissen für Sammler, die sich mit dem Erwerb eines solchen Buches vermutlich ebenfalls in ihre ruhige und geschützte Ecke setzten, um dessen Seiten zu befühlen und den Einband zu beschnuppern.

Und wenn man sich genug Zeit nahm und Englisch las, konnte man die Ausgabe auch Seite um Seite im Original lesen. Das dauerte zwar länger, weil die gedruckte Schrift schwieriger zu entziffern war und manche Wörter in der barocken und für spätere Augen etwas exzentrischen Schreibweise daherkamen. Andererseits hatte man das Gefühl, direkt in die Zeit von damals zurückgestiegen zu sein. Man begann zu sehen, zu fühlen und zu riechen, wie es in London in jenem furchtbaren Jahr zu- und hergegangen war.

Das war, dachte Matteo, die große Stärke des Daniel Defoe. Mit Sicherheit hatten sich die Ereignisse dem Kind Daniel mit großer und gewiss nicht immer willkommener Dichte eingeprägt. Diese Prägung spielte eine zentrale Rolle, als der bereits erfolgreiche Schriftsteller sich daranmachte, seine Chronik des *annus horribilis* solcherweise abzufassen, als wäre er mit allem, was er erzählte, mitten im Geschehen gestanden.

Mitten in der Bedrängnis, als die Lage der Stadt London wahrhaftig unselig war, gerade da gefiel es Gott, sozusagen mit eigener Hand den Feind zu entwaffnen; das Gift wurde aus dem Stachel genommen. Es war wunderbar; sogar die Ärzte selbst waren davon überrascht. Wo immer sie Besuche machten, fanden sie die Patienten besser vor; entweder hatten sie einmal gut schwitzen können, oder die Geschwülste waren aufgegangen, oder die Karbunkel gingen zurück, und die Entzündungen um sie herum änderten die Farbe, oder das Fieber war weg, oder der heftige Kopfschmerz hatte nachgelassen, oder sonst ein gutes Symptom hatte sich gezeigt; und so erholte sich in ein paar Tagen alles, ganze Familien, die an der Seuche darniederlagen, die schon die Geistlichen dahatten, um mit ihnen zu beten, da sie stündlich zu sterben meinten, kamen wieder hoch und wurden gesund, und kein einziger von ihnen starb.

So stand es auf den letzten Seiten von Defoes *Journal*. Die Pest hatte nachgelassen. Die Menschen begannen zu gesunden. Und wer war dafür verantwortlich? Niemand anderer als Gott selbst. Er hatte dem Feind, dem Satan und Versucher, den Stachel gezogen.

Es war eine schöne Stelle. Eine Stelle voll von Optimismus, geschrieben in einem Rhythmus, der seinerseits spüren ließ, wie das Leben zurückkehrte. Hatte Daniel Defoe aber wirklich geglaubt, dass Gott der Regisseur war, der der Pest schließlich Einhalt gebot? Gott, der dann aber auch der Regisseur gewesen wäre, der sie vorher über die Sünder geschickt hatte?

Was Matteo an diesem Bericht imponierte, war etwas anderes. Es war die nüchterne Präzision, mit der ein unerhört begabter Autor eine Katastrophe von historischen Ausmaßen schilderte. Der Bericht las sich stellenweise wie ein Kriminalroman. Darüber hinaus war er ein glänzendes Zeugnis sozialgeschichtlicher Neugier. Defoe war ein Verhaltensforscher sondergleichen. Unter seinem scharfen Blick zeigten die Menschen fast jede ihrer Regungen.

Manche kamen besser weg, manche weniger gut. Manche waren Helden, andere waren Feiglinge. Manche Kirchenmänner waren rechtzeitig aufs Land entschwunden, andere hielten bei den Sterbenden aus, bis sie selbst krank wurden und starben. Ein schier grenzenloses *theatrum mundi*. Übrigens mit der völlig richtigen Beobachtung, dass jene, die geheizt hatten und am Feuer saßen, von der Seuche nicht befallen wurden. Erst mehr als zweihundert Jahre später fand man heraus, warum das so gewesen war. Die Flöhe und Stechmücken, die das Bakterium übertrugen, ertrugen die Hitze schlecht und gingen rasch an ihr zugrunde.

Damals wie heute dominierte zunächst eine Gefahr vor allen anderen. Es war die Gefahr der Ansteckung.

Seit Matteo wusste, dass die Inkubationszeit der Seuche bis zu zwei Wochen betragen konnte, vielleicht sogar einen längeren Zeitraum, hatte er es aufgegeben, sich zu befragen, wann, wo und wie er sich angesteckt haben könnte. Es war sinnlos. Es wurde abstrus, sich zum Beispiel immer noch zu fragen, ob es denkbar war, dass man sich vor neun Tagen angesteckt haben konnte, als man in einem Restaurant zusammensaß, aß, trank, lachte, tränte und hustete.

Vielleicht war Matteo angesteckt. Er hoffte noch immer, dass das Gegenteil der Fall wäre. Die Londoner hatten häufig so eng zusammengelebt, dass die Flöhe, die Stechmücken, die Ratten, die Speisen, das Wasser leichtes Spiel hatten.

Auch in Matteos Stadt saß man nicht selten nahe zusammen. Diese Nähe war in schwierigen Zeiten und über Jahrhunderte hinweg auch ein Trost gewesen. Ging es schon schlecht, hielt man sich wenigstens an den Händen und lachte gegen das Elend der Welt.

Matteo stand auf, nahm das Buch, stellte es zurück in sein Regal, verschloss das Gitter, verschloss die Tür zur Buchhandlung und machte sich an den Aufstieg.

Es wurde ein langer, ein schwerer Aufstieg. Hätte Matteo auf dem letzten Absatz der Treppe nach unten geschaut, so hätte er das Nichts gesehen. Weil es das stockdunkle, tiefe Nichts war, hätte ihn geschwindelt. Aber Matteo hatte keine Aufmerksamkeit mehr für solche Abenteuer. Er hatte mehr als genug mit seinem Körper zu kämpfen, der immer wieder zu kapitulieren schien. Als Matteo die Wohnung erreicht hatte, stieß er die Tür ins Schloss, indem er sie mit dem ganzen Gewicht seines Körpers zurückwarf.

Es störte ihn nicht, dass der dumpfe Knall wie der Treffer einer Bombe durch das Treppenhaus hallte.

Matteo fiel in schweren, traumlosen Schlaf. Gegen drei Uhr morgens schlurfte er zur Toilette. Bevor er in den Schlaf zurückfand, fiel ihm ein, dass ihn Defoes *Journal* auch deshalb so beeindruckte, weil der Dichter vorher, mit seinem früheren Werk, geradezu eine Gegen- oder Antiwelt beschrieben hatte.

Hier die Stadt London, in der wimmelnden Dichte der Pest. Dort Robinsons Insel, in der stillen Leere der reinen Natur. Was Seuchen betraf, die Sicherheit schlechthin. Matteo wusste nicht, ob dieser Gegensatz auch wissenschaftlich standgehalten hätte. Aber er gefiel ihm. Mit einem Lächeln im Gesicht schlief er wieder ein.

Der nächste Morgen war hell. Matteo hatte die Vorhänge zugezogen, und hinter diesen befanden sich die geschlossenen Holzläden, die im Sommer schräg gestellt wurden, worauf sich ein angenehmes Halbdunkel im Raum verbreitete. Aber jetzt war es anders hell und so hell, dass das Licht trotz aller Vorkehrungen der Verdunkelung durch die Läden und die Vorhänge drang wie der Bote aus einer Welt voller Zuversicht.

Das war ein Irrtum.

Nichts von Zuversicht. Matteo hatte von seinem Vater gehört, dass dieser von seinem Vater Geschichten aus dem Weltkrieg gehört hatte. Der Großvater war zur Sommerszeit eingerückt, und bald begannen die Kämpfe. Die Kämpfe waren brutal. Sie wurden bis aufs Messer und nicht selten mit den Bajonetten geführt. Fast schlimmer als die Kämpfe selbst, die man als Kämpfender nicht wirklich beurteilen konnte, wenn man drunter- oder drüberlag, war das Licht. Ein gnadenloses Sommerlicht. Ein Licht, das wie von einem anderen Planeten kam, was ja auch stimmte. Unbarmherzig und kalt schien es auf die Verwundeten und die Toten, deren Verletzungen mit jedem Detail schärfer zutage traten.

Die Seuche war nicht von Gott. Das Sonnenlicht war ebenfalls nicht von Gott. Aber in der Kombination von Seuche und Frühling und Licht konnte sich für diejenigen, die dafür empfindlich waren, eine dämonische Energie offenbaren. Geradezu ein Fluch.

»Wie geht es dir?«

Carla, schon wieder. Zur eigenen Verwunderung konnte Matteo seiner Nichte mitteilen, dass es ihm besser gehe.

»Meinst du, dass du das Schlimmste überstanden hast?«

Woher sollte Matteo das wissen?

Woher hatten die Bürger von London gewusst, dass das Schlimmste vorbei war? Weshalb hatte Defoe schreiben können, sie hätten eines Tages gespürt, dass es bald einmal vorbei sein könnte? Weil es so war. Weil man schon damals gezählt und gemessen und verglichen hatte und feststellen konnte, dass sich weniger und weniger Menschen ansteckten.

Viermal mindestens kam die Pest über London, und jedes Mal war es fürchterlich. Mit dem *Journal* schrieb Defoe nicht nur das Protokoll einer Vorgegenwart. Zwischen der Pest und dem Erscheinen des Buchs lagen etwa fünfzig Jahre. Defoe hatte nämlich gehört, dass es Anzeichen gebe, dass die Pest schon wieder auf dem Vormarsch sei. Deshalb sollte der Bericht zugleich das Protokoll einer Warnung sein. Man solle sich vorbereiten und einrichten, denn die Pest komme wieder, wenn nicht morgen, dann übermorgen.

Carla hatte durch den Apparat gelächelt, das fühlte Matteo, als er ihr von seiner Exkursion in die Buchhandlung erzählte.

»Leute, die am Sterben sind, laufen nicht in den Keller.«

Carla hatte gelächelt. Sie hatte immer noch gelächelt, als ihr Matteo von der Lektüre des *Journal* erzählte.

»Warum wühlst du in solchen Vergangenheiten?«

Doch als Matteo Carla gefragt hatte, ob sie meine, dass die Pest von damals und die Seuche von heute ein ähnliches Schicksal seien, hatte sie nicht einfach verneint. Sie war nachdenklich geworden.

»Vielleicht hat jede Epoche die Seuchen, die sie verdient.«

Das war eine Antwort gewesen, die Matteo zwar nicht befriedigte, aber interessierte.

Carla demonstrierte für das Klima. Oder besser gesagt, sie ging mit anderen auf die Straße, um gegen jene zu demonstrieren, die das Klima schädigten. Das war legitim, dachte Matteo. Es war sogar berechtigt. Es war sogar dann, ja gerade dann berechtigt, wenn Carla, die ein kluges Kind war, durchaus wusste, dass ihr Demonstrieren vorerst kaum etwas bewirken würde und schon gar nicht bei denen, die das Klima schädigten.

Man konnte durchaus der Meinung sein, dass der ganze Planet infiziert sei. Angesteckt von all den Schadstoffen, die jede Sekunde an Tausenden, an Hunderttausenden von Stellen in die Luft quollen und sie vergifteten.

»Schau doch, wie wir uns verhalten. Jeder Vergleich mit einem Tier wäre eine Beleidigung für dieses Tier.«

Carla hatte recht. Die Krone der Schöpfung, *creationis corona*, war, wenn man in dieser Terminologie denken wollte, zum Schreckenstitel des Planeten geworden.

Matteo lag im Bett. Er fühlte sich weder schlecht noch gut. Das Telefonat mit Carla hatte ihm gutgetan, aber es hatte ihn auch wieder daran erinnert, dass Carla, die tapfer war und zupacken konnte, recht hatte. Die Menschen trieben es bunt, und je stärker die Instrumente waren, mit denen sie einander und dem Planeten schaden konnten, umso gefährlicher wurde es.

In der antiquarischen Abteilung von Matteos Buchhandlung lag auch ein anderes altes und wertvolles Buch. Es war erstmals im Jahr 1651 und ebenfalls in London erschienen, also vierzehn Jahre vor dem Ausbruch der Pest. Der Autor war der berühmte Philosoph Thomas Hobbes.

Die Pest spielte in dem Buch, das den komplizierten Titel *Leviathan or the Matter, Forme and Power of a Commonwealth Ecclesiasticall and Civil* trug, keine Rolle. Nein, das stimmte nicht ganz. Sie spielte im Hintergrund der Gedanken von Hobbes insofern eine Rolle, als auch die Pest ein Ausnahmezustand war. Und ein Ausnahmezustand ließ sich dadurch definieren, dass alles außer Kontrolle geraten war und niemand mehr wusste, wo Recht und Ordnung waren.

Für Hobbes war es der Staat, der mächtige *Leviathan*, der für Recht und Ordnung zu sorgen hatte. Dafür traten ihm die Bürger viele Rechte ab. Sie begaben sich unter den Schutz des Staates und akzeptierten fortan, dass sie Untertanen waren. Der Staat entschied über den Ausnahmezustand und darüber, wie Recht und vor allem Ordnung gewährleistet bleiben konnten.

Eine Seuche wie die Pest, deren Auswirkungen besonders schrecklich waren, schuf einen Ausnahmezustand. Chaos und Willkür begannen um sich zu greifen. Die Menschen, die einander seit Adam und Eva ohnehin nicht besonders freundlich gesinnt waren, wurden noch aggressiver. Sie handelten, wenn man sie machen ließ, nach dem Gesetz des Stärkeren und dem des Eigennutzes.

Thomas Hobbes definierte diesen Natur- oder Willkürzustand mit einer berühmt gewordenen Formel. Sie lautete auf Lateinisch *homo homini lupus*.

Der Mensch ist dem Menschen ein Wolf.

Deshalb der Staat. Deshalb seine Macht, ja seine Übermacht. Nur Leviathan konnte die Triebnatur des Menschen zum Wilden, zum Bösen hin in Schach halten. Und wenn Leviathan versagte, dann gnade Gott. Dann wütete die Anarchie, die eine Seuche wie die Pest sein konnte, oder es brach ein Sturm wie die Revolution über die Landschaft.

Matteo hatte schon früh realisiert, dass das Bett sein bevorzugter Ort für die Philosophie war. Philosophie war ein hochtrabendes Wort. Andererseits hatte Matteo schon seit der Lehre zum Buchhändler auch viele Philosophen gelesen, die einfacheren Philosophen verstanden, andere nur rudimentär verstanden und jene, die sich mit Logik und Erkenntnistheorie befassten, fast gar nicht verstanden.

Aber Thomas Hobbes hatte er verstanden. Matteo lag im Bett, schlug das eine Bein über die Decke, während das andere unter der Decke im rechten Winkel angezogen lag, und fand die Stellung bequem.

Der Atem ging weiterhin schwer. Dagegen hatte bisher keines der vielen Medikamente geholfen, die ihm Carla gebracht hatte. Pillen gegen den Husten hatten den Nachteil, dass sie schnell müde machten. Matteo wollte bei Verstand bleiben. Wenn es denkbar, vielleicht wahrscheinlich war, dass er nur noch Wochen zu leben hätte, wollte er diese Wochen nutzen, so gut es nur ging.

Sophia war kein Bettmensch gewesen. Kaum war sie wach, war sie draußen und werkte herum. Matteo nahm es ruhiger. Manchmal hatte er das Gefühl, dass ihn seine Mutter zum Schläfer und Träumer hatte trainieren wollen. Das hätte zwar nicht unbedingt zur Karriere eines Priesters gepasst, der dauernd auf den Beinen sein musste, wenn er Bischof, Kardinal und eventuell sogar Papst werden wollte, aber es hätte das Bedürfnis der Mutter nach Kontrolle befriedigt.

Schlaf aus. Du hast es redlich verdient. – Während Matteo, wie befohlen, ausschlief, durfte die Mutter das Gefühl haben, alle Macht der Welt über ihn zu haben. Was die Mutter nicht oder zu wenig in Rechnung stellte, weil es ihre Illusionen getrübt hätte, war die unzweifelhafte Tatsache, dass Matteo seit der Pubertät zwar weiterhin ausschlafen durfte, aber dabei auch wollüstig unzüchtig träumen konnte.

Du verbummelst deine letzten Tage. – Matteo entwickelte eine Art von Galgenhumor. Einerseits hatte er sein Programm mit den Büchern über die Seuche und deren Wahrheit. Andererseits stellte er fest, dass die Gedanken mehr und mehr zu vagieren begannen. Sie machten sich, wie jeweils kurz vor dem Einschlafen, selbstständig und entwickelten neue und teilweise befremdliche Muster.

Die Stille begünstigte diesen Zustand der Gedankenschwebe. Wäre das Leben in der Gasse so abgelaufen, wie es vor dem Ausbruch der Seuche abgelaufen war, hätte Matteo, obwohl er hoch im dritten Stock wohnte, eine meist spannende und häufig lustige Collage mithören können. Er hätte mithören können, wie der Schreiner von nebenan fluchte, weil ihm der Zuschnitt eines Bretts aus der Maschine gelaufen war. Er hätte mithören können, wie das Motorrad des Studenten um die Ecke mit einer Serie von Fehlzündungen durch die Gassen preschte. Er hätte mithören können, wie zwei Matronen miteinander um die Wette schrien, während sie die Wäsche aufhängten.

»Können Sie mich hören? Wie geht es Ihnen?«

Matteo war erschrocken. Er hatte nicht auf das Display geschaut und gedacht, dass Carla in der Leitung war. Stattdessen war es der Hausarzt.

Matteo zog die Beine in ordentlicher Parallele unter die Decke, schob den Oberkörper gegen die Kissen, richtete sich auf und spürte, wie Nervosität in Sekundenschnelle hochkam.

Allzu schlimm wurde es nicht. Allzu schlimm konnte es gar nicht werden, weil der Hausarzt gar nicht wusste, in welchem Zustand sich Matteo gerade befand, sodass es völlig unmöglich war, dass Matteo die Stimme des Hausarztes hätte sagen hören können: *Ich gebe Ihnen noch drei Tage.* – Was der Hausarzt tatsächlich sagte, war gar nicht so anders. *»Es wäre ein Wunder, wenn Sie sich nicht angesteckt hätten.«*

Der Hausarzt begründete diese Aussage nicht. Offensichtlich entsprach sie den Realitäten in der Stadt. Motivation sähe anders aus, dachte Matteo. Der Hausarzt war ein Fachmann, aber er hatte die Arme und Hände eines Fleischers und teilweise auch dessen Temperament.

Der Arzt würde Matteo besuchen. So viel hatte Carla erreicht. Matteo konnte nicht beurteilen, ob das gut oder schlecht war. Aber vermutlich war es gut, wenn sich ein Fachmann des Falls annahm. Das Wort *besuchen* war allerdings ein Witz.

Es wurde vereinbart, dass sich Matteo am nächsten Morgen in der Diele auf einen Stuhl setzen würde. Vorher hätte er die Wohnungstüre geöffnet. Der Hausarzt würde kommen und einen Abstrich nehmen. Damit Klarheit darüber hergestellt würde, ob Matteo die Seuche in sich trüge oder nicht.

Der Gedanke an den Abstrich war nicht sehr angenehm. Andererseits musste Matteo seiner Nichte Carla danken. Sie hatte es, vermutlich mit reichlich Überredungskünsten, geschafft, dass der Hausarzt ins Haus kam und Matteo nicht in eine Praxis oder sogar ins Krankenhaus gebracht werden musste.

Als sich Matteo das Mittagsmahl aus einer Packung Ravioli zubereitete, war auch die Küche heller als sonst. Vielleicht war Matteos Eindruck falsch. Aber es schien ihm, dass das Frühlingslicht, das auch durch die Jalousien des Küchenfensters drang, heller war als sonst. Es fiel von schräg oben ein, ließ die Geräte, die herumstanden, starke Schatten werfen, und verwandelte den Schachbrettboden in eine Fläche, die sich wie ein kubistisches Bild gleichzeitig in den Raum zu wölben schien.

Die Kommandozentrale. – Matteo hatte es schon zu den Zeiten so empfunden, als Sophia rüstete und kochte, und jetzt, im Zeichen der Seuche, hatte er wieder den Eindruck, dass die Küche sein Schicksal auf entscheidende Weise mitbestimmen würde. Nichts gegen das Wohnzimmer. Aber weil es ein Zimmer war, in dem man sich immer anständig, ja vornehm benommen hatte, auch wenn Matteo und Sophia keinen Besuch erwarten durften, war es auch ein Zimmer, das nur halb mit dem Leben verbunden war.

Im Wohnzimmer wird nicht gespielt. – Die Mutter hatte keinen Spaß verstanden. Hatte sich ein Ball ins Wohnzimmer verirrt, so war er, sofern die Mutter Wache hielt, nur unter komplizierten diplomatischen Verhandlungen zurückzuholen. Die Polstergarnitur war mit einem weißen Schutzfutter bespannt, was ihr ein unwirkliches Aussehen verlieh. Wie sollte da Gemütlichkeit aufkommen? Nur an Festtagen und zu besonderen Anlässen saß man im Wohnzimmer, das später ausgiebig entlüftet werden musste, weil die alten Herren ihre Zigarren gequalmt hatten.

Wo war Matteo stehen geblieben? Woran hatte er

eben noch gedacht? Er kratzte sich am Kinn, stellte den leeren Teller samt Besteck und Glas in den Schüttstein und zog eine langsame Kurve, die ihn in sein Arbeitszimmer lenkte. *Das Repertoire ist beschränkt.* – Natürlich. Aber andere hatten es schlimmer. Wie gingen eigentlich die Gefangenen in den Gefängnissen, in ihren Zellen mit der Seuche um?

Das nächste Buch war fällig. Es hatte den Vorteil, dass es Defoes Bericht über die Pest in London so weiterschrieb, dass die Seuche auch im Licht der Ansteckungen weitergedacht wurde.

Defoe hatte ausgiebig beschrieben, wie und unter welchen Bedingungen sich die Menschen des 17. Jahrhunderts anstecken konnten. Der Bericht hatte da und dort eine geradezu physikalische Qualität. Wie wenn die Gesetze der Physik zu zeigen gewesen wären, wie wenn die Pest der Faktor der Schwerkraft gewesen und Newton auch hier ihr bester Analytiker gewesen wäre.

Weil Defoe jedoch im Zeitalter des englischen Puritanismus lebte, durften die regelmäßigen Hinweise auf Gott, den Teufel und das Schicksal mitsamt Strafe und Sühne nicht ganz fehlen, auch wenn Defoe den Eindruck erweckte, dass er damit ein wenig Mühe hatte.

Der nächste Schriftsteller hatte damit keinerlei Mühe. Er schrieb nicht solcherweise von Gott, als ob er Zweifel an dessen Allmacht auch in Sachen der Pest gehabt hätte. Er schrieb von Gott, weil er mit Leidenschaft an ihn glaubte und seiner Leserschaft dasselbe empfahl. Die Leserschaft sollte nach Lektüre seiner Erzählung durchatmen und seine Botschaft beherzigen.

Matteo hatte die Erzählung in der Schule gelesen. Der Lehrer war deutlich geworden. *Ich will, dass ihr die Bedeutung begreift. Und zwar für euer ganzes Leben.*

Auf dem Pausenplatz hatten Matteo und seine Freunde darüber gewitzelt. Sie hatten die Stimme des Lehrers nachgeahmt und seinen erhobenen Zeigefinger und so getan, als imitierten sie das Jüngste Gericht. Der Lehrer hatte sie aus dem Lehrerzimmer beobachtet und nichts gesagt.

Zu diesem Zeitpunkt hatten Matteo und seine Freunde die Geschichte noch gar nicht gelesen. Sie hatten noch nicht gewusst, wie erregt, aber vor allem wie furchtbar abgründig sich diese Geschichte gestalten würde.

Wann war dir zum ersten Mal das Grauen begegnet?

Dazu konnte Matteo mit präzisen Angaben aufwarten. Es war gewesen, als er sechs Jahre alt war. Die Familie hatte einen Ausflug gemacht. Sie war gewandert, über Höhen, durch Täler, durch Wälder. Plötzlich waren dunkle Wolken aufgezogen. Ein Gewitter war im Anzug. Es war von niemandem erwartet worden, auch nicht vom Vater, der stets stolz war, dass er die Wetterkarte nicht nur lesen, sondern auch richtig interpretieren konnte.

Das Gewitter hatte sich mehr oder weniger senkrecht über der Familie entladen, während diese durch einen Wald marschierte. Es war zuerst dunkel, dann nachtschwarz geworden. Mitten am Nachmittag hatte sich der Tag in die Nacht verwandelt. Ein Blitz schlug ein. Er setzte die Krone eines Baums in Brand, der sich vielleicht fünfzig Meter von der Familie entfernt befand.

Das Resultat war, dass alle so sehr erschraken, dass sie in verschiedenen Richtungen auseinanderstoben. Es gab keine Familie mehr. Es gab nur noch Flüchtende, die in großer Panik durch den Wald rannten, jeder und jede ganz für sich allein.

Matteo war gerannt und gerannt, während der Donner weiterhin rollte, als ob sich die Landschaft in eine ungeheure Kegelbahn verwandelt hätte. Der nächste Blitz schlug ein und erhellte den nachtschwarzen Wald für Sekunden so, dass die Stämme der Bäume wie überlange und mit wüsten Flecken übersäte Knochen blinkten.

Aber es war nicht das. Es war das, dass Matteo noch weitergerannt war, bis er kaum noch konnte, und sich dann nach der Familie umsah. Die Familie war verschwunden. Fort und weg. Matteo war mutterseelenallein. Er wusste nicht, wo er war, und plötzlich wusste er auch nicht, *warum* er war.

Das war die erste Begegnung mit dem Grauen gewesen.

Schwamm drüber. Du hast es überstanden. – Matteo öffnete eine Lade aus Holz. Er holte die Flasche Grappa hervor, von der Sophia feierlich gesagt hatte, sie sei eigentlich nicht da, und wenn sie da sei, so sei sie für äußerste Notfälle da. Matteo konnte nicht oder noch nicht von einem äußersten Notfall sprechen. Aber er hatte begriffen, dass sich der äußerste Notfall, wenn er es wirklich und unwiderruflich war, auch darin bewähren würde, dass es gar nicht mehr möglich gewesen wäre, zu einem Grappa zu greifen. Es wäre dann ja zu spät gewesen.

Das sollte heute nicht passieren. Besser zu früh als zu spät. Matteo schenkte sich eine kräftige Portion in das schlanke Glas, das dunkelgrün gefärbt war und damit dem Publikum verbarg, welche Quantität es aufgenommen hatte. Der erste Schluck tat gut. Die Medikamente hatten den Geschmacksnerv verändert, aber sie hatten ihn nicht lahmgelegt. Der Alkohol stieg auf, entwickelte angenehme Wärme und war die beste Ouvertüre für das vierte Buch.

Das vierte Buch im Seuchenprogramm stammte aus der Feder eines Schweizers. Ein Schweizer Pfarrer mit Namen Albert Bitzius, der von 1797 bis 1854 lebte und vorwiegend im Emmental wirkte, hatte es 1842 geschrieben. Damals war Bitzius auf der Höhe von Können und Ruhm. Der Ruhm fiel auf das Pseudonym, das sich Bitzius gegeben hatte. Als Schriftsteller nannte er sich Jeremias Gotthelf.

Jeremias Gotthelf alias Albert Bitzius veröffentlichte im Jahr 1842 eine Novelle zwischen Grauen und Gott mit dem Titel *Die schwarze Spinne*.

8

Vor Jahren war Matteo mit Sophia durch die Schweiz gereist. Es war eine schöne Reise gewesen, wie sich die beiden das vorgestellt und ausgedacht hatten. Hohe Berge, Täler, Wiesen, Bauernhöfe und massenhaft Kühe. Sophia hatte Kühe geliebt. Hier, in der Schweiz, hatte sie ein Paradies gefunden. Sofern man den Kühen nicht zu nahe kam.

Wie überall auf der Welt verteidigten die Mutterkühe auch in der Schweiz ihren Nachwuchs mit größter Entschlossenheit. Wanderten Matteo und Sophia über eine Alm, so konnten sie zwar die Herden bewundern, deren Glockengeläut von den Berghängen zurückgeworfen wurde. Kam man den Herden zu nahe, wurde es gefährlich. Einmal waren Matteo und Sophia nur knapp davongekommen. Eine Mutterkuh hatte sie verfolgt und dabei zornig gemuht.

Über die Schweizer machte sich Matteo keine Gedanken. Warum sollte er? Sie waren weit weg. Nachdem er aber Jeremias Gotthelfs *Die schwarze Spinne* mehrmals gelesen hatte, waren ihm doch ein paar Gedanken durch den Kopf gegangen.

In der Schule hatte er wenig begriffen. Der Lehrer, der aus der Schweiz zugewandert war, hatte auf die Kommentare der Klasse gewartet, doch die Klasse hatte geschwiegen. Ein paar Mädchen hatten gekichert. Auch Matteo fand *Die schwarze Spinne* damals merkwürdig. Wie eine Ritterrüstung, die in der dunkelsten Ecke eines ländlichen Museums stand, wo sie niemanden interessieren konnte. Dazu dieses Pathos.

Matteo fand *Die schwarze Spinne* immer noch merkwürdig. Als er die billige Ausgabe in Händen hielt, die er schon in der Schule benutzt hatte, musste er lächeln. Der arme Lehrer. Er hatte gehofft, dass Jeremias Gotthelfs Schauermär seiner Klasse durch Mark und Bein gehen würde. Stattdessen hatte die Klasse gemault oder Witze über die Spinne gemacht. Einmal hatte ein Mädchen, Alessandra, laut aufgeschrien. *Hilfe, die schwarze Spinne.* Die Klasse war in brüllendes Gelächter ausgebrochen.

Natürlich. Lehrer, die ihren Klassen die Literatur näherbringen mussten, waren viel enttäuschungsanfälliger als Lehrer, die Mathematik oder Chemie lehrten. Hier gab es wenig Eigenes einzubringen. Die Literatur hingegen musste auch vom Herzblut des Lehrers zeugen, von seiner Begeisterung, von seiner persönlichen Hingabe, damit der Funke überspringen konnte. Manchmal war der Funke schon tot, bevor er überhaupt zünden konnte, weil die Klasse nicht zu entfachen war.

Ein Schuss. Draußen war geschossen worden. Ganz in der Nähe hatte es geknallt. Das Geräusch war bellend, eindeutig. – *Wer schießt denn da?*

Matteo legte *Die schwarze Spinne* auf den Beistelltisch und humpelte zum Fenster. Er zog die Vorhänge beiseite und öffnete das Fenster. Vom Fenster des Arbeitszimmers aus hatte man einen besseren Ausblick auf die Stadt. Im Hintergrund, zwischen den Dächern der Nachbarhäuser, zeigte sich der hohe Turm. Er zeigte sich in seiner ganzen Gleichgültigkeit. Seit man in grauer Vorzeit auf dem Boden der Zinne des Turms einen richtigen Baum gepflanzt hatte, der sein Astwerk in den Himmel reckte und mit der Farbe Grün einen fast surrealen Akzent in den blauen Himmel setzte, war der Turm sein eigener Herr und Meister. Darüber hinaus war er eine Sehenswürdigkeit ersten Ranges.

»Wer hat geschossen?«

Eine Nachbarin war auf ihren Balkon getreten und gestikulierte. Sie hatte sich einen Morgenmantel übergeworfen und sah so aus, als wäre sie direkt aus dem Schlaf gesprungen.

Matteo zog ein fragendes Gesicht und schüttelte den Kopf. Er blickte auf die Gasse. Nichts. Eine Seitengasse, die von hier aus gut einsehbar war, zeigte ebenfalls nichts. Bald standen Leute auf den Balkonen oder schauten aus dem Fenster. Sie zeigten mit den Armen nach oben und nach unten und gestikulierten. Einige hatten ihre Schutzmasken an. Andere hielten den Ellenbogen vor die Nase, während sie sprachen. Niemand verstand den anderen.

Eigentlich ein Wunder, dass bisher so wenig passiert war. Wenn es Matteo ernstlich bedachte, war es ein Wunder, dass sich die Menschen unter den Bedingungen der Seuche noch nicht an den Kragen gingen. Es war doch mehr als klar, dass der Ausnahmezustand als solcher bereits dafür sorgte, dass der Druck bis zum Überdruck ansteigen würde. Da konnte ein einziges Wort genügen, dass der eine dem anderen an die Kehle ging oder den Revolver holte.

Hatte man einen Einbrecher erwischt?

Der Einbrecher hätte Matteo leidgetan. Denn so verwerflich es war, die Zeit der Seuche zu nutzen, um anderer Leute Hab und Gut zu stehlen, so groß konnte umgekehrt die Not sein, die den Einbrecher dazu trieb, einzubrechen.

Matteo schloss das Fenster und widmete sich wieder der *Schwarzen Spinne*.

Damals hatte der Lehrer nach dem Allgemeingültigen gefragt. Nach der Botschaft dieser merkwürdigen Erzählung, die über Räume und Zeiten hinweg gültig wäre. Aber Matteo und den meisten anderen war die Geschichte als Geschichte vorgekommen, wie sie nur in den Alpen oder in den Voralpen und vielleicht nur in der Schweiz hatte spielen können.

Ein Ritter war böse. Er tyrannisierte die Bauern. Es kam der Teufel in Gestalt eines Jägers. Der Teufel versprach, den Bauern zu helfen. Die Bauern gingen darauf ein. Sie versprachen dem Teufel ein neugeborenes, ungetauftes Kind. In letzter Sekunde hauten sie den Teufel übers Ohr, indem sie das Kindlein tauften. Der Teufel rächte sich, indem er eine schwarze Spinne schickte. Sie brach zuerst aus einem Karbunkel im Gesicht einer Frau. Später verbreitete sich die Spinne rasend schnell und biss und mordete querfeldein. Schließlich gelang es mit viel Mut und List, dem Teufel und der Spinne Herr zu werden. Der Retter als Held bezahlte mit seinem Leben.

Fortan war Ruhe. Nur noch ein geschwärzter Fensterpfosten an der Fassade des Bauernhauses zeugte von den schrecklichen Vorgängen, die sich über die Zeiten hinweg im schönen Kanton Bern abgespielt hatten.

Und was war nun die Moral? Die Lehre von der Geschicht'?

Für den Lehrer war es klar gewesen. Wenn sich Matteo richtig erinnerte, hatte der Lehrer gesagt, Teufel und Spinne seien über die Schweizer Bauern gekommen, weil diese gesündigt hätten. Sie hätten sich nicht mit dem Teufel einlassen dürfen, und weil sie sich zu stark und zu schlau fühlten, sei der höllische Spinnentanz über sie gekommen und hätte eine Zeit lang alles ins Elend gewendet.

So stand es ja auch bei Jeremias Gotthelf.

Wehgeschrei von Menschen und Tieren erfüllte Berge und Täler, und die Sonne, welche das Tal so fröhlich verlassen, sah in entsetzlichen Jammer hinein. Als die Sonne schien, sahen endlich die Menschen, wie es in den Ställen, in denen das Vieh gefallen war, wimmle von zahllosen schwarzen Spinnen. Diese krochen über das Vieh, das Futter, und was sie berührten, war vergiftet, und was lebendig war, begann zu toben, ward bald vom Tode gestreckt. Von diesen Spinnen konnte man keinen Stall, in dem sie waren, säubern, es war, als wüchsen sie aus dem Boden herauf, konnte keinen Stall, in dem sie noch nicht waren, vor ihnen behüten, unversehens krochen sie aus allen Wänden, fielen haufenweise von der Diele. Man trieb das Vieh auf die Weiden, man trieb es nur dem Tode in den Rachen. Denn, wie eine Kuh auf eine Weide den Fuß setzte, so begann es lebendig zu werden am Boden, schwarze, langbeinige Spinnen krochen auf am Vieh, und ein fürchterlich wehlich Geschrei erscholl von den Bergen nieder zu Tale. Und alle diese Spinnen sahen der Spinne auf Christines Gesicht ähnlich wie Kinder der Mutter, und solche hatte man noch keine gesehen.

Matteo legte das Buch zur Seite. Als Schüler hatte er diese Stelle angestrichen. Sie erschien ihm damals als eine besonders dramatische Stelle. Dieser Eindruck, so fand er jetzt, hielt noch immer stand. Er schenkte sich ein zweites Glas Grappa ein.

Offenbar hatte der Teufel die Schweizer besonders gern.

Das war Unsinn. Es gab überall auf der Welt Legenden und Geschichten, die davon erzählten, wie das Böse auf und über die Menschen kam. Die Schweizer, dachte Matteo, waren vielleicht etwas bedeckter, etwas versteckter, etwas heimlicher als andere Menschen. Die Schweizer selbst verwendeten dafür das Wort *heimlifeiss*. Aber das war noch kein Grund, dass die Rache des Teufels gerade dort, im sonnigen, unschuldigen Emmental, so gewütet hatte.

Die Schlauheit der Schweizer hatte sich bitter gerächt. War das die Botschaft? War das die Lehre, dass man nicht versuchen sollte, schlauer als der Teufel zu sein?

Man konnte Jeremias Gotthelfs Geschichte nach verschiedenen Seiten drehen und wenden. Große Literatur, wozu sicher auch Gotthelfs *Die schwarze Spinne* gehörte, schon deshalb, weil sie mit einem gewaltigen Schwung erzählt war, war immer mehrdeutig. Einer der Lieblingsschriftsteller Matteos, Franz Kafka, war als Dichter die Mehrdeutigkeit in Person, und vermutlich war er das auch als Mensch gewesen.

Interessant war, dass die Spinnen nicht nur jene heimsuchten, die direkt mit dem Teufelsgeschäft zu tun hatten. Sie kamen über die ganze Talschaft, verschonten nichts und niemanden, auch Sophias Kühe nicht. Es war, dachte Matteo, ein wenig so, als hätte eine Art von Sippenhaft stattgefunden, nachdem der Funke gesprungen war. Ganz ähnlich hatte Jahwe, der Gott der Juden, nicht nur den Pharao bestraft, sondern alle Ägypter mitsamt ihrer Lebenswelt.

»Hat dich der Hausarzt erreicht?«

Matteo konnte Carlas Frage mit gutem Gewissen bejahen. Carla sprach kurz und sachlich, wie eine Dienststelle, die weder Furcht noch Hoffnung aufkommen lassen wollte. Carla war besonders. Sie konnte zwischen der Sachlichkeit eines Amtes und der Leidenschaft einer Operndiva hin- und herspringen, ohne dass ihr Charakter einen Riss, einen Sprung aufgewiesen hätte. Vielleicht waren besondere Menschen so veranlagt oder beschaffen, dass sie mehrdeutig sein konnten, ohne dass es ihnen übel genommen wurde, auch wenn sie einem dabei manchmal auf die Nerven gehen konnten.

»Hast du getrunken?«

Jetzt wurde es ernster. Matteo errötete. Niemand konnte ihn sehen, nicht einmal ein mögliches Spiegelbild, aber Matteo errötete. Kunststück. Er sah sich ertappt. Mehr vor sich selbst als vor seiner Nichte. Aber das spielte eigentlich keine Rolle.

Matteo hatte weder gelallt noch war er frech geworden. Eigentlich gab es nichts an ihm, was Carla hätte erkennen lassen können, dass er getrunken hatte.

Manchmal genügte eine Nuance. Ein einziges Wort, das sich unter dem Einfluss des Schnapses unauffällig verfärbte. Ein einziges Wort, das sonst selten im Wortschatz auftauchte. Vielleicht ein Ein- oder Ausatmen, das nicht mit den Symptomen der Krankheit zusammenklang, sondern eine spezielle Frequenz besaß.

Hie und da war Matteos Vater nach Hause gekommen, nachdem er getrunken hatte. Nicht viel, aber so viel, dass man es im Hause nicht nur roch, sondern auch hörte. Der Schritt des Vaters klang ein wenig anders. Seine Bewegungen hatten sich ein wenig verändert. Sein Blick war nicht getrübt, aber er zeugte von einer gewissen Verlegenheit, die noch durch Trotz überspielt wurde. *»Was schaut ihr so blöde?«*

Es war vor allem Letzteres gewesen, das krampfhafte Bemühen des Vaters, der den Eindruck erwecken wollte, dass er den ganzen Abend hindurch mit seinen Freunden nur Selterswasser getrunken hatte, was in der Familie dazu führte, dass man den Vater zu fürchten begann, weil man ihn durchschaut hatte, worauf es bald Grund gab, den Vater tatsächlich zu fürchten, weil sich dieser ertappt vorkam und sich wütend dagegen wehrte.

Gott durchschaute die Menschen.

Das war es gewesen, was der Lehrer gepredigt hatte und was wohl auch Jeremias Gotthelf, der ja Pfarrer mit Leib und Seele gewesen war, ebenfalls predigte. Ob das stimmte, stand auf einem anderen Blatt. Ob diese ganze Sache mit dem Durchschauen nicht einfach nur ein Herrschaftsmittel derer war, die predigten und ihrer Gemeinde ein schlechtes Gewissen machten, wovon sie profitierten, weil ihre Macht umso mehr angerufen wurde.

Gottes Auge alles sieht, auch was in dunkler Nacht geschieht.

Als Kind hatte Matteo im Religionsunterricht vorgedruckte Kartonbögen auszumalen. Die Bögen waren mit Szenen aus der Bibel, aber auch aus dem Alltag von damals bedruckt. Es machte Freude, die Geburt Jesu inmitten der Krippe mit farbigen Stiften auszumalen. Es machte weniger Freude, einen Vordruck auszumalen, auf dem der Querschnitt durch ein Haus gezeigt wurde. Oben stand die Mutter vor dem Bügelbrett. Weiter unten übte die Schwester Klavier. Und im Keller war Giovanni zu sehen, der gerade einen Apfel stahl. – *Gottes Auge …*

Carla war zufrieden. Sie hatte wortlos zugehört, wie ihr Matteo wiederholte, was ihm der Hausarzt aufgetragen hatte.

»Sehr gut. Dann wissen wir ja bald Bescheid. Obwohl du ja immer noch Lust auf einen Schnaps hast.«

Matteo liebte die Frauen. Jedenfalls viele. Bevor er Sophia geheiratet hatte, hatte er einige und auch ein paar leidenschaftliche Beziehungen gehabt. Was sich aber nach dem Evangelium gemäß Matteo wie ein roter Faden durch alles hindurchzog, worin Frauen involviert waren, war, dass Frauen einem in Sekundenschnelle, aus dem Stand heraus, ein schlechtes Gewissen machen konnten.

Alter Macho. Hör doch auf damit, sagte sich Matteo.

Matteo war kein Macho.

Die Zeit von Jeremias Gotthelf war wohl die letzte Zeit gewesen, in der die Männer frei und unverschämt schalten und walten konnten. Wenn man aber die Geschichte *Die schwarze Spinne* auch nur flüchtig las, waren die Frauen starke Frauen. Sie traten gegen den Leibhaftigen an und bezahlten mit ihrem Leben.

Gotthelf hatte zur Zeit des Biedermeiers gelebt, gedacht und geschrieben. Diese Zeit war in Sachen Puritanismus gar nicht so verschieden von der Epoche, in der Daniel Defoe gewirkt hatte. Auch zu Defoes Zeiten hatte der Puritanismus geherrscht. In London hatte er freilich ganz anders geherrscht als hundertfünfzig Jahre später in einem Emmentaler Bauerndorf.

Die Frömmigkeit, die Gotthelf mit seiner Novelle propagieren wollte, erschien Matteo verkrampfter. Die Novelle war ja eine doppelte Rückblende. Ihr Startpunkt fiel in ein Ambiente, das die schwarzen Spinnen und andere dämonische Erscheinungen bereits hinter sich gelassen hatte. Man hörte zu Anfang der Erzählung, also in diesem Biedermeier der Gotthelf-Zeit, aus ferneren Zeiten, die von Dämonien erfüllt gewesen waren, und freute sich darüber, dass solches nun nicht mehr oder nicht mehr in solcher Art vorkommen konnte.

War es schon damals, zur Zeit von Jeremias Gotthelf, mit dem Glauben so weit gekommen, dass man auf alte, finstere Geschichten zurückgreifen musste, um die Macht Gottes und die Macht des Teufels weiterhin zu bekräftigen?

Man konnte immer weiter fragen.

Matteo hatte schon erlebt, dass ihn zwei Gläser Grappa auf Pfade entführten, die ihn auf wundersame Weise in der Rolle des Philosophen bestärkten. Am nächsten Morgen war vieles wie weggezaubert, oder es hielt sich in ein paar Ideen, die Matteo hastig in ein Notizheft schrieb, aus Angst, dass sie sonst vergessen gegangen wären.

Man konnte etwa fragen, ob man nur an Gott glaube, damit man nach dem Tod ewig und im Paradies leben könne.

Matteo konnte nicht schwören, dass er an Gott glaubte. Er hatte zu oft nachgedacht, um noch immer das unbeschädigt kraftvolle Verhältnis zu Gott zu haben, das er als Kind gehabt hatte. Das hieß nicht, dass er *nicht* an Gott glaubte. Es war noch keiner gekommen, der den Beweis angetreten hätte, dass Gott nicht existierte. Das Gegenteil war natürlich ebenso der Fall.

Wie schnell man sich verrannte.

Die klügsten Theologen, die klügsten Philosophen verrannten sich ebenfalls. Sie befassten sich ständig mit dieser Materie, die ihr Beruf war, und hatten sich dabei den Mantel der Autorität erworben. Ihre Sprache, ihre Gesten, ihre Blicke, ihre Sitten, alles war darauf ausgerichtet, den einfachen Menschen nicht merken zu lassen, dass auch sie, die hohen Herren, mit Wasser kochten. Oder sie taten im Gegenteil richtig hemdsärmelig, um auf Bruderschaft mit dem Volk zu machen, während sie das Volk insgeheim verachteten.

Bald bist du tot. Und jetzt spielst du noch den Zyniker.

Aber Matteo konnte es drehen und wenden, wie er wollte. Wenn er ehrlich mit sich war, musste er sich sagen, dass die Furcht vor dem Tod ein enorm fruchtbarer Treiber für das Entstehen von Religionen war. Es brauchte umgekehrt viel Mut, die Wahrnehmung der Sterblichkeit, auch und besonders der eigenen Sterblichkeit, so gelassen zu bewirtschaften, dass man sich keine Luftschlösser baute, sondern auf dem Boden der Realitäten blieb. Wer um sein Seelenheil fürchtete, war bereits der Gefangene von Verheißungen. Er ging davon aus, dass die Toten nach oben, in den Himmel, oder nach unten, in die Hölle, kommen würden.

Allerdings brauchte es einen riesenstarken Glauben, auch dann noch an Gott festzuhalten, wenn man sah oder mitbekam oder davon hörte, wie Menschen hekatombenweise starben oder sogar umgebracht wurden und dann in riesigen Gruben oder Trichtern verschwanden.

Damit, dachte Matteo, wäre er zu früh bei seinem letzten Buch angekommen.

Langsam. Bitte schön der Reihe nach.

Es war gar keine Reihe, die sich Matteo ausgesucht hatte. Die Bücher, die von der Seuche erzählten, waren in Matteos Auswahl sicher repräsentativ. Aber sie waren auch eine subjektive Wahl. Sie zeichneten eine Landkarte, die auch anders hätte aussehen können.

Das Fieber war gestiegen. Matteo griff an die Stirn. Er fühlte den Puls. Er holte den Fiebermesser hervor. Er schlug ihn durch die Luft, so gut er konnte, bis das Quecksilber gefallen und eine frische Messung möglich war. Matteos Unterarm zitterte. Die Hand hielt den Fiebermesser fest umklammert. Der Fiebermesser sollte nicht nochmals zu Boden fallen. Aber nicht weniger schlimm wäre es, wenn Matteo den Fiebermesser in seiner Hand zerquetschte.

Fast 39 Grad.

Das war eindeutig zu viel. Jetzt, dachte Matteo, wären stärkere Medikamente gefragt.

Wieder in die Küche. Wieder die Wagenburg der Schachteln. Matteo wollte aufs Ganze gehen. Im Übrigen spielte es gar keine Rolle. Er fand das Antibiotikum, von dem Carla am Telefon gesagt hatte, dass er es nur im Notfall nehmen solle. Erstens würde es einen Elefanten umschlagen. Zweitens würde es höchstwahrscheinlich an der Seuche abprallen wie ein Fußball an einer Felswand.

Es war egal, dass Matteo drei Gläser Grappa intus hatte. Es war egal, dass das Antibiotikum eigentlich gegen Elefanten eingesetzt wurde. Es war vieles und immer mehr egal, und das bewirkte, dass Matteo von einer seltsamen Heiterkeit ergriffen wurde.

Vielleicht war die Heiterkeit gar nicht so seltsam.

Wenn du mit dem Leben abgeschlossen hast, wird dir leichter ums Herz.

Das war ebenso banal wie richtig, aber eigentlich falsch, denn wie konnte man jemals ganz mit dem Leben abgeschlossen haben, wenn es doch noch gar nicht abgeschlossen war. Es sei denn, man läge im Koma. Aber dann konnte man davon sprechen, dass das Leben, wie es richtiges Leben war, dort sicher nicht existierte. Deshalb war es für Matteo immer wieder ein Wunder, wenn er von Menschen hörte, die aus diesem Koma zurückgekehrt waren. Andererseits wurde er in seiner These bestätigt. Die Menschen, die zurückgekehrt waren, konnten allesamt nicht davon erzählen, wie es dort gewesen war.

In der Zeitung hatte immer wieder gestanden, dass Menschen mit Vorerkrankungen, oder wie immer die Fachausdrücke hießen, besonders gefährdet seien. Natürlich. Wenn jemand bereits eine Lungenoperation hinter sich hatte, sah es böse aus. Aber offenbar war bereits hoher Blutdruck ein Indikator für mögliche Komplikationen.

Matteo holte den Blutdruckmesser aus der Schublade des Küchentischs. Er hatte das Gerät dort stationiert, seit ihn der Hausarzt auf erhöhten Blutdruck hingewiesen und dagegen ein Medikament verordnet hatte.

Immer ein wenig messen. Schadet nicht und stärkt das Bewusstsein.

Hätten es die Ärzte nicht mit den Menschen und ihrer Sterblichkeit zu tun, also mit etwas quer durch die meisten Kulturen durchwegs Fundamentalem, so könnten sie sich gewisse Sprüche nicht mehr leisten. – *Sie wollen dich verzwergen.* – Das stimmte in vielen Fällen ärztlicher Opferbereitschaft und Fürsorge überhaupt nicht. Aber in anderen schon.

Matteo krempelte den Ärmel des Hemdes hoch, das seit drei Tagen nicht mehr gewaschen worden war. – Er stülpte die Manschette um den Oberarm. Dann drückte er den Knopf. Das Messgerät begann zu schnurren. Es schnurrte wie eine Katze. Oder wie eine kleine Stichsäge. Oder wie ein Utensil aus der Gerätschaft des Zahnarztes. Dabei wurde immer mehr Luft in die Manschette gepumpt, die mehr und mehr anschwoll.

Als Matteo schon dachte, dass die Manschette explodieren würde, stoppte der Elektromotor der Pumpe mit einem Ruck. Das Gerät vibrierte leicht und schien dann in seinen Ausgangszustand zurückzusinken. Gleichzeitig entwich die Luft mit einem erleichterten Zischen aus der Manschette. Das war der Augenblick der Erkenntnis. Matteo schaute auf das Display. Die Zahlen hoben sich schwarz und deutlich vor dem grauen Bildschirm ab. *95 / 145*.

Zu niedrig, um zu sterben. Zu hoch, um zu jubilieren. Immerhin. Matteo hatte drei Grappa intus. Es war mitten am Nachmittag. Und er hatte wieder in der *Schwarzen Spinne* gelesen. Diese drei Faktoren waren stark. Wenn der Blutdruck trotzdem nicht oder noch nicht höher war, bestand kein Grund zur Panik. Offenbar tat der Blutdrucksenker weiterhin den nötigen Dienst. Matteo ging auch davon aus, dass das eingeworfene Antibiotikum, das für Elefanten gedacht war, noch kein Faktor geworden war. Der Körper hatte das Antibiotikum noch gar nicht absorbieren und damit den Blutdruck in die eine oder in die andere Richtung beeinflussen können.

Matteo nahm einen Zettel, schrieb die beiden Zahlen auf und legte den Zettel so sichtbar auf den Küchentisch, dass er nicht vergessen würde, ihn morgen dem Hausarzt zu zeigen.

Die schwarze Spinne, aus der in der Geschichte bald Hunderte von kleinen schwarzen Spinnen wuchsen, hatte als einzelner Dämon begonnen und sich danach seuchenartig verbreitet. Dagegen war kein Kraut gewachsen. Es war eine Massenepidemie, wenn man in Betracht zog, dass das gesamte Tal erfasst wurde.

Anders gesagt, jedermann wurde angesteckt. Oder fast jedermann. Es gab schließlich noch jene, die den Widerstand organisieren mussten, damit die Geschichte, wenn auch auf Umwegen, ein glückliches Ende nehmen konnte.

Matteo hatte in der Zeitung gelesen, dass besonders reiche Leute nun ihre Jachten besteigen und in seuchenfreie Meere auslaufen würden. Oder sie verschanzten sich auf einer Ranch im Mittleren Westen der Vereinigten Staaten und übten das Armbrustschießen.

Unter welchen Umständen würdest du überleben wollen?

Gute Frage. Matteo hatte ins Bett zurückgefunden. Auf dem Nachttisch stand der Krug mit Tee und Honig. Matteo hatte dort ein Buch des französischen Philosophen Montaigne liegen, auch wenn dieses nicht ins direkte Programm passte. Es konnte sein, dass er einen Trost in Form eines anderen Buchs benötigen würde, um die schwere Lektüre der Bücher zu den Seuchen zu überstehen.

Erinnerung. Der Lehrer hatte der Klasse ein Thema gestellt. Dieses musste während einer knappen Stunde in Form eines Aufsatzes angemessen behandelt werden. Das Thema des Lehrers hatte in etwa so gelautet: *Da bin ich doch plötzlich ganz allein auf der Welt.*

Das Thema hatte Matteo angesprochen. Es hatte

ihn geradezu angesprungen. Andere Kinder hatten die Stirn gerunzelt. Man hatte ihnen angesehen, wie schwer es ihnen werden würde, sich auszudenken, dass und wie sie plötzlich ganz allein auf der Welt wären.

Matteo war rasch ans Werk gegangen und hatte ohne viel Überlegung zu schreiben begonnen. Schon die Idee hatte ihm zugesagt. Er malte sie aus, indem er tätig wurde und Dinge trieb, die ihn ohnehin beschäftigten. Als Archäologe reiste er bis nach Südamerika und entdeckte ganz allein, ohne von jemandem gestört zu werden, unglaubliche Dinge. Die größte Überraschung war, dass der Aufsatz dem Lehrer gefiel. Der Lehrer, vermutlich ein Einzelgänger, war richtig begeistert.

War der Aufsatz die spätere Antwort auf das frühere Erlebnis im Gewitterwald? Als Matteo erstmals dem Grauen begegnet war, weil er seine Familie verloren hatte und für ein paar Sekunden sogar den Grund seiner Existenz?

Die Vorstellung, aufgrund irgendwelcher Mechanismen oder Privilegien zu überleben, während die meisten anderen Menschen elendiglich zugrunde gingen, hatte etwas Furchtbares. Nicht nur war man den anderen gegenüber im Vorteil gewesen. Man hatte fortan genau damit zu leben, in einer Umgebung der relativen Menschenleere, die einen in den Irrsinn treiben konnte.

War das tatsächlich richtig? Es handelte sich, wie

Matteo erkannte, während er das rechte Bein in seinen bevorzugten Winkel brachte, um eine Vorstellung. Das andere wäre nämlich der Lebenswille. Eine Kraft, die wenig mit Bewusstsein, aber viel mit Instinkt und Trieb zu tun hatte. Matteo hatte vor vielen Jahren in der Zeitung gelesen, dass die Überlebenden eines Flugzeugabsturzes in den Anden schließlich bereit waren, einander gegenseitig aufzufressen, um den Lebensfunken nicht ausgehen zu lassen.

Schön wäre es allerdings, wenn man vornehm und mit Haltung aus der Welt gehen könnte. Der Philosoph Sokrates, der den Giftbecher trinken musste und langsam aus dem Leben trat, war das beste Beispiel.

War es auch realistisch? Keineswegs. Es war ein Ideal, das die Aufgabe hatte, die Gedanken, wenn man solche Gedanken hatte, in angenehme Gefilde zu befördern. Man dachte, wenn man dereinst aus der Welt zu gehen hätte, an den großen Sokrates. Doch die grausame Kreuzigung Christi war ein Gegenmodell, das näher, viel näher an der Wirklichkeit lag.

Wann und unter welchen Bedingungen gab es das schöne Sterben? Matteo war die Frage immer akademisch vorgekommen. Natürlich gab es auch in der Realität Beispiele eines geglückten Abschieds. Ein entfernter Freund von Matteo, der die neunzig überschritten hatte und immer noch bei Sinnen war, hatte sich entschieden, aus dem Leben zu scheiden.

Der rüstige Greis hatte vorgesorgt, und besagten

Tages kamen die Sterbehelfer. Sie fanden einen richtigen Herrn. Der Freund hatte sich tadellos gekleidet, eine Flasche guten Wein aufgemacht und sich auf dem Sofa niedergelassen. Seine Haltung war nicht zu übertreffen gewesen.

Doch es war anders gekommen.

9

Nicht grundsätzlich anders. Aber doch etwas anders.

Matteos Freund hatte vor allem an sich gedacht. Das war legitim. Pietro hatte sich entschlossen, aus dem Leben zu gehen. Es war kein einfacher Entschluss gewesen. Er hatte sich seither noch mehr als früher auf sich selbst konzentriert und entsprechend gehandelt.

Dazu gehörte, dass Pietro in den Stunden des endgültigen Abschieds seine Familie um sich haben wollte. Während er auf dem Sofa saß und eine bequeme Position eingenommen hatte, saß die Familie um ihn herum. Pietro, dem klar war, dass bald stockdunkle Nacht bei ihm einkehren würde, kümmerte sich daher nicht mehr um das Befinden seiner Angehörigen. Sie waren ihm schon beinah entschwunden.

Sie hingegen, die Angehörigen, fühlten Nervosität, Beklemmung, Angst in sich aufsteigen, je näher die Stunde null kam. Auch Wut kam hinzu.

Als schließlich ein Klingeln an der Tür anzeigte, dass die Sterbensmänner angekommen waren, wurde manchen von ihnen übel. Zwei Angehörige mussten sich auf der Toilette übergeben, ein dritter war vor das Haus gelaufen und rauchte Zigarette um Zigarette.

Alles war nach Plan verlaufen. Das Sterbemittel hatte rasch und sanft gewirkt, der Freund hatte noch etwas Wein getrunken und war dann auf ein Kissen gesunken, und nach ein paar Minuten hatten die Sterbehelfer den Tod Pietros festgestellt.

Pietros Söhne konnten weder den Anlass noch diese Art von Tod jemals vergessen. Das war zu erwarten gewesen. Aber Pietro wäre doch überrascht gewesen, wenn er hätte beobachten können, wie sich das Unbehagen der Söhne innerhalb von kurzer Zeit zu einem Groll steigerte, den sie fortan gegen ihren Willen gegen den toten Vater hegten und der ihnen auch untereinander zu schaffen machte. Fortan erzählte einer der Söhne, wenn er auf den ungewohnten Abgang seines Vaters angesprochen wurde, dieser sei noch völlig klar im Kopf gewesen und überdies auch sonst kerngesund, hingegen habe der Vater in seiner letzten Zeit oft davon berichtet, dass er *lebenssatt* sei. Der Sohn pflegte den Ausdruck wie eine Zauberformel zu wiederholen und zu betonen.

Lebenssatt.

Matteo war noch nicht lebenssatt.

Im Gegenteil fiel es ihm nicht schwer, sich viele Begegnungen und Erlebnisse vorzustellen, die er gerne willkommen hieße. Aber wenn es sein musste, musste es sein. Schwierig war hingegen der Gedanke, man mache mit dem Leben Schluss, obwohl es noch immer ein gutes Leben war, das auch andere so wahrnahmen. Carla wäre außer sich gewesen, wenn sie gebeten worden wäre, von Matteo Abschied zu nehmen, weil dieser gehen wollte und sie dabei bei sich haben wollte.

Es gab einen Ausdruck, den Matteo nicht nur für richtig, sondern auch für würdig befand. Meistens wurde dieser Ausdruck gedankenlos verwendet, als ob es sich um eine Formel ohne jede Bedeutung gehandelt hätte. Aber das stimmte nicht. Im Gegenteil.

Der Tod tritt ein.

Genau so. Es mochte in der Wirklichkeit zwar nicht so sein. Aber in einem höheren Sinn war es wahr und schön, dass der Tod eintrat. Dass nicht ein Stecker gezogen worden war. Sondern dass der Tod gekommen war, eingetreten war und den Sterbenden zu sich nahm. Wohin auch immer.

Es war Abend geworden. Matteo fühlte sich benommen. Der Grappa war weniger harmlos gewesen, als es zuerst den Anschein machte. Jede Euphorie musste damit rechnen, dass danach Zahltag war. Umgekehrt war es kleinlich und engherzig, wenn man sich nach einer Freude Vorhaltungen machte. Würde man nur nach diesem Rezept leben, einem ohnehin dubiosen Kosten-Nutzen-Rezept, hätte man nie richtig gelebt.

Morgen würde der Hausarzt kommen. Der Mann mit den schweren Armen würde Matteo in den Hals schauen und den Abstrich nehmen. Matteo würde, nicht zum ersten Mal, denken, dass der Körper ein Mechanismus war, der von Mechanikern gewartet und im schlimmsten Fall entsorgt würde.

Was war ein schöner Tod?

Pietro, der, wie die Angehörigen erzählten, sanft und leise entschwunden sei, hatte, wenn man nur auf diese Zeugen abstellte, einen schönen Tod gehabt. Aber natürlich konnte, zum Glück, niemand wissen, was wirklich passiert war in diesen letzten Minuten und Sekunden.

Die Bauern in Jeremias Gotthelfs *Schwarzer Spinne* hatten keinen schönen Tod gehabt. Dieser Tod war grauenvoll gewesen. Dafür hatte er für die damalige christliche Lehre den Vorteil, als Exemplum zu dienen. Je mehr sich die Menschen vor einem schlimmen Sterben und einem grauenvollen Ende fürchteten, umso besser.

Ein schönes oder jedenfalls ein sanftes Sterben schilderte Thomas Mann in seiner Novelle *Der Tod in Venedig.*

Matteos zweitletztes Buch war bereits zur Stelle. Matteo hatte sich von Anfang an vorgenommen, den *Tod in Venedig* im Bett zu lesen. Deshalb lag die Novelle unter dem Buch von Montaigne auf dem Nachttisch und musste nur noch hervorgezogen werden. Sie hatte fast dasselbe Format wie das Buch von Montaigne, nämlich ein mittelgroßes Taschenformat, das sich auch bestens dafür eignete, im Zug gelesen zu werden oder auf einer Bank im Park oder im

Liegestuhl oder im Wartezimmer oder sonst wo, wo man so lesen konnte, dass das Lesen ein Zeitvertreib sein durfte, aber auch eine Art von Exerzitium, wie es die Mönche hielten, wenn sie in ihrem Brevier lasen, während die Zeit unbemerkt vorbeistrich.

Das Antibiotikum zeigte Wirkung. Wohl kaum gegen die Seuche, aber für Matteos Allgemeinzustand, der sich inzwischen so unauffällig bemerkbar machte, dass Matteo durch sein Schlafzimmer zu schweben schien.

Thomas Mann war ein großer Erzähler. Er erzählte mit dem Atem des Großbürgers, der sich in den Gärten der Kunst erging. Er betrachtete das Leben wie eine Pflanze, die eines Tages erwachte, zu blühen begann, sich mehr und mehr entfaltete, ihre volle Größe erreichte, dann allmählich reif und überreif wurde, bis sie niedersank und starb. Doch während die Pflanze ein Einzelnes zwischen Werden und Vergehen blieb, besaß das Leben insgesamt die unerhörte und nie enden wollende Kraft zur Regeneration.

Matteo hielt die Novelle vor die Augen. Die Nachttischlampe warf ihr Licht auf einen Text, den er teilweise fast auswendig kannte.

Dabei war es nicht so, dass sich Matteo in den Welten von Thomas Mann wirklich heimisch gefühlt hätte. Das war aus vielen Gründen nicht möglich. Aber Matteo bewunderte den Stil, die Erfindungsgabe, die Haltung dieses Meisters, und Matteos Kunden taten es ihm gleich. *Der Tod in Venedig* war ein sicherer Wert in

Matteos Buchhandlung, nicht nur unter älteren Damen, sondern auch unter der Studentenschaft.

Aber warum? Warum sollte man sich in eine Geschichte hineinverlieren, die bereits mehr als hundert Jahre alt war? Waren das Fin de siècle, die von dem Philosophen Nietzsche so bezeichnete *décadence*, der Jugendstil mit seinen Palmen und Girlanden, das ganze Getue adliger und bürgerlicher Inszenierung nicht längst vorbei und Schnee von gestern?

Wahrscheinlich ging es um etwas anderes. Es ging, jedenfalls in Thomas Manns Novelle, um die Ansteckung. Um die Ansteckung sowohl im erotischen wie dann bald auch, Ironie der Geschichte, im medizinischen Sinn.

Denn was widerfuhr dem Schriftsteller Gustav von Aschenbach, der Hauptfigur der Novelle, denn anderes als solche Ansteckung? Aschenbach, der von seiner Arbeit erschöpft war, war von München aufgebrochen und auf dem Seeweg von Triest über Pola nach Venedig gereist, um sich dort zu erholen. Er logierte in einem prächtigen Hotel am Lido und besuchte auch die Stadt. Im Hotel verliebte er sich auf platonische Weise in einen Knaben *von vielleicht vierzehn Jahren*, wie es in der Novelle hieß, und seither war es um ihn geschehen.

Die Liebe hatte Aschenbach ergriffen. Sie hatte ihn geradezu infiziert. Thomas Mann erzählte diese Infektion mit großem Einfühlungsvermögen so, wie sie, der Krankheit der Liebe entsprechend, durchaus häufig stattfinden konnte. Jedenfalls noch damals, in der

Epoche um die Jahrhundertwende, als die vornehmen Menschen schwankten zwischen der Zugeknöpftheit ihrer Rituale und den Explosionen ihres Triebs. Also von Symptom zu Symptom, von Gefühl zu Gefühl, von den ersten Fantasien bis zu der bitteren Erkenntnis, dass sich der unerkannt Liebende lächerlich zu machen begann.

Die medizinische Seuche war nichts anderes als die Cholera. Sie wütete gegen Ende des 19. Jahrhundert in weiten Teilen Europas und brachte vor allem den einfachen Menschen, den Armen, den Bettlern, all denen, die sich kaum gegen sie wehren konnten, den Tod.

Matteo hatte aus Erzählungen des Großvaters gehört, wie die Cholera verlaufen war. Es begann in der Regel mit Durchfall, dann traten Kopfschmerzen und Fieber hinzu, dann wurde der Atem schwerer, das Herz schlug hastig, bald wurde es schlimmer und schlimmer.

Matteo überschlug die Seiten. Er überschlug, was er sich da und dort in den Text geschrieben hatte, hielt bei anderem plötzlich inne, las einzelne Worte wie in der Zeitlupe, legte die Novelle auf die Bettdecke, starrte hinauf zur Zimmerdecke.

Aschenbach war ein Narr gewesen. Ein Träumer, der sich in seinen Fantasien verlor, die sein Begehren weckten, ohne es zu befriedigen. Aschenbach war eine Kunstfigur. Ein Produkt der Fantasie von Thomas Mann, der womöglich ähnlich empfunden hatte, ähnliches Begehren entwickelt hatte, aber doch immer so klug gewesen war, Herr im eigenen Haus zu bleiben.

Nein, so einfach war es nicht.

Wäre das alles nur so gewesen, so leicht und schnell zu durchschauen, dann hätte die Novelle niemals solchen Erfolg gehabt. Offenbar brachte sie etwas zum Ausdruck, das in jedem Menschen schlummerte, der dazu befähigt war, Liebe zu suchen.

Einmal hatten Matteo und Sophia furchtbar gestritten. Aus nichtigem Anlass waren sie in Streit geraten und waren immer heftiger gegeneinander geworden. Weder Matteo noch Sophia hatten gewusst, dass sie zu einem solchen Wortschatz fähig waren. Am Ende hatte Sophia gedroht, Matteo zu verlassen, für immer zu verlassen, hatte eine Tasche gepackt und war durch die Wohnungstür nach unten gestürzt, wo sich ihre Spur in Sekundenschnelle verlor.

Sophia hatte die Nacht bei einer Freundin verbracht. Vermutlich hatte sie weiter geschimpft und geweint und mit der Handfläche auf den Tisch geschlagen. Am nächsten Tag war sie wieder da. Das Leben ging weiter.

Aber in der einsamen Nacht ohne Sophia, ohne ihren Atem an seiner Seite, ohne das Aneinander der Körper, hatte Matteo erfahren, wie furchtbar es sich anfühlen konnte, wenn das Band der Liebe zwischen zwei Menschen, es musste nicht nur aus Gold gestickt sein, so sehr zerrissen schien, dass Matteo wie eine Amputation in sich spürte, ein Weggenommenes, das womöglich weniger Sophia in ihrer Realpräsenz war als vielmehr alles, was sich zwischen ihnen beiden entwickelt hatte, was zusammengefunden und bewirkt hatte, dass zwei Menschen zwar immer noch zwei Menschen blieben, aber auch etwas Größeres zusammen waren.

Mehrere Leute, dachte Matteo, hatten Aschenbach empfohlen, abzureisen. Es stand fest, dass die Cholera, die von Indien gekommen war, nun auch in der Stadt Venedig nach Opfern suchte. Bald würde eine Sperre verhängt werden, und dann wäre es Aschenbach nicht mehr möglich, abzureisen. Die Flucht vor der Seuche wäre unmöglich geworden.

Aber Aschenbach, der anders gekonnt hätte, konnte nach dem Willen seines Erfinders nicht anders. Er blieb. Er verfolgte sein Ziel.

Auf den Spuren des Schönen hatte Aschenbach sich eines Nachmittags in das innere Gewirr der kranken Stadt vertieft. Mit versagendem Ortssinn, da die Gässchen, Gewässer, Brücken und Plätzchen des Labyrinthes zu sehr einander gleichen, auch der Himmelsgegenden nicht mehr sicher, war er durchaus darauf bedacht, das sehnlich verfolgte Bild nicht aus den Augen zu verlieren, und, zu schmählicher Behutsamkeit genötigt, an Mauern gedrückt, hinter dem Rücken Vorangehender Schutz suchend, ward er sich lange nicht der Müdigkeit, der Erschöpfung bewusst, welche Gefühl und immerwährende Spannung seinem Körper, seinem Geiste zugefügt hatten.

Die Infektion kam aus Aschenbachs Innerem.

Aber dann, dachte Matteo, kam sie von außen. Von Indien her, eine Naturgewalt, die sich nicht dafür interessierte, ob nun ein Bettler, ein Matrose, ein Schriftsteller die Zahl ihrer Opfer mehrte.

Aschenbach starb einen schönen Tod. Am Lido von Venedig trat der Tod, der es hier gut meinte, an ihn heran. Thomas Mann war darauf bedacht, das labile Gleichgewicht zwischen Schrecken und Schönheit, zwischen Glanz und Qual zu halten. Bis zuletzt. Darüber konnte man, wenn man zum Sarkasmus neigte, lächeln und die ganze Inszenierung, wenn man strenge Maßstäbe anlegte, ein wenig kitschig finden.

Matteo war nicht der Mann, über solche Dinge zu urteilen. Wichtiger war für ihn, dass er ein Buch über die Seuche gefunden hatte, das diese nicht mit jener Gewalt des Grauens vorführte, wie sie seit dem Alten Testament und noch in Gotthelfs *Schwarzer Spinne* geläufig gewesen war.

Ein anderes kam hinzu. Es war gar nicht so einfach, eine Lehre, eine Moral aus dem *Tod in Venedig* zu ziehen.

Ein gelehrter Freund hatte Matteo einmal etwas Wichtiges gesagt. Dabei hatte er die Stimme erhoben und auch seinen Zeigefinger. *Thomas Mann glaubte nicht an Gott.* – Deshalb war eine Novelle wie *Der Tod in Venedig* überhaupt möglich geworden. In dieser Novelle war das Jenseits nicht nur nicht anwesend, es war nicht vorhanden, war inexistent. Und der Mann, der sich angesteckt hatte, war ein Mann ohne Gott gewesen, der als Künstler auf der Suche nach dem Schönen und als Mann auf der Suche nach dem Knaben war, was schließlich damit endete, dass er sich mit dem Erreger der Cholera ansteckte, weil er entschieden hatte, die Stadt Venedig, die zur Stadt seiner platonischen Liebe geworden war, nicht zu verlassen.

Matteo befand sich im Halbschlaf, bald würde er wegtauchen. Eine Entscheidung dafür oder dagegen war nicht mehr zu treffen. Der Körper hatte entschieden, die Krankheit, die vermutlich die Seuche war, hatte entschieden. Zwar war Matteo noch hungrig gewesen. Wenn er bei Kräften gewesen wäre, hätte er zum letzten Mal an diesem Tag die Küche inspiziert. Wie oft hatte ihm Sophia gesagt, dass es nicht gesund sei, sich vor dem Einschlafen noch eine Scheibe Salami abzuschneiden.

In dieser Nacht des Fiebers und der Träume träumte Matteo auch von Venedig. Er befand sich mit Sophia auf dem Lido. Die beiden saßen auf ihren Liegestühlen und schauten gegen die Sonne. Nichts geschah, es war gefährlich friedlich.

Später fuhren sie mit dem Vaporetto in die Stadt. Die Stadt, die sonst immer von Touristen überschwemmt war, die, so schien es, der schönen Stadt den Atem abdrücken wollten, war leer. Über San Marco flatterten wie üblich die Tauben. Niemand fütterte sie. Vor der Rialtobrücke lagen Gondeln. Kein Gondoliere pfiff sein Lied. Endlich allein. Matteo hatte Sophia an der

Hand genommen, sie waren wie Gustav von Aschenbach immer tiefer in die Gassen und Stege hineingekommen, während ihre Fröhlichkeit nur immer noch zunahm. Als sie an der Riva degli Schiavoni spazierten, wies Sophia lachend zur Lagune hinaus. Ein Walfisch von ungeheuren Dimensionen hatte seinen Schwanz über die See gepeitscht und eine Fontäne aus Wasser und Dampf in die Luft gespien.

Das ist der Leviathan, hatte Matteo gesagt.

Tags darauf fühlte sich Matteo erholt. Das Fieber war zurückgegangen. Die Glieder schmerzten, aber wer länger im Bett lag, musste immer damit rechnen, dass sich solche Belohnung auch rächen würde.

»Bist du vorbereitet?«

Matteo hatte Carlas Anruf erwartet. Er hatte diesen Anruf so sehr erwartet, dass er zeitig aufgewacht war.

Man konnte vorbereitet sein, und trotzdem hatte man etwas vergessen. Matteo hatte eine Tasse Kaffee getrunken, er hatte zwei Scheiben Brot mit Konfitüre gegessen, er hatte sämtliche Pillen geschluckt, die im Behälter angeordnet waren, er hatte sich gewaschen und so gut rasiert, wie es möglich war, er hatte sich so angezogen, als wäre die Seuche nur ein Spuk gewesen, und er, Matteo, hätte bald die ersten Kunden zu erwarten, die schließlich wussten, dass man in Matteos Buchhandlung vom Besitzer persönlich bedient wurde, der dazu noch etwas auf sich gab.

Jetzt schob er den Stuhl in die Diele, wie es der Hausarzt befohlen hatte. Es kostete Kraft, aber weniger Kraft, als Matteo befürchtet hatte. Auf die Konsole hatte er den Zettel gelegt, auf den er sich die Zahlen des Blutdrucks notiert hatte. Gab es sonst noch etwas vorzubereiten? Es konnte immer möglich sein, dass ein Arzt noch unzufrieden war mit den Vorbereitungen, die sein Patient nach bestem Wissen und Gewissen getroffen hatte, während der Patient vielleicht tatsächlich aus einer Schwäche heraus, die ihm selber verborgen blieb, eine Strecke der Dummheit durchlief.

Du dummer Kerl. Ich hatte es dir doch gesagt.

Ja und nein. Ja, der Doktor hatte es dem Kind Matteo gesagt. Er hatte klipp und klar gesagt, dass es verboten wäre, dass Matteo noch etwas äße, bevor der Doktor Matteos Bauch abtasten würde. Nein, er hatte Matteo nicht gesagt, dass er derart wütend würde, weil er herausgefunden hatte, dass sich Matteo auf dem Weg einen Riegel Schokolade einverleibt hatte.

Ein andermal war Matteo Herr der Lage geblieben. Nicht, dass er sich besonders krank gefühlt hatte. Gerade so krank, dass es gemütlich wäre, ein paar Tage im Bett zu liegen, um sich verwöhnen zu lassen. Die Mutter, die ein volles Programm hatte, wollte nicht abwarten, bis sich der Quecksilberfiebermesser endlich entschieden hätte. Sie überließ dies ihrem Kind. Matteo hatte den Fiebermesser gegen die Bettflasche gehalten. Der Messer war innerhalb von Sekunden nach oben geklettert. Matteo schlug ihn so lange, bis eine Temperatur angezeigt wurde, die ihm realistisch schien, damit das erwünschte Ziel erreicht wäre.

»Und? Wie geht es uns heute?«

Was sollte man da sagen? Der Hausarzt hatte sich ächzend durch die Wohnungstür gedrückt, die Matteo im steilen Winkel, genau wie befohlen, geöffnet hatte.

Zuerst hatte Matteo geglaubt, dass ihn ein Monster besuche. Der Doktor trug eine weiße Kappe wie ein Chirurg, über den Mund hatte er einen weißen Mundschutz gestülpt, und seine dicke schwarze Brille hatte er mit einer Schutzbrille vertauscht, die viel zu groß war. Der Körper steckte in einem weißen Mantel, der keinerlei Öffnungen sichtbar machte. Die Handschuhe ließen die dicken Finger noch dicker erscheinen.

Der Doktor hatte seinen Koffer auf die Konsole gestellt. Er öffnete ihn und entnahm ihm das Röhrchen aus Plastik. Matteo war bereit. Er saß fest und sicher auf dem Stuhl. Als der Doktor vor seinem Gesicht stand, öffnete er den Mund so weit er konnte und atmete ein.

Der Doktor murmelte vor sich hin, ohne dass ihn Matteo verstehen konnte, während er den Plastiklöffel langsam in Matteos Mund einführte, zuerst auf dem hinteren Bereich der Zunge und darauf auf dem Halszäpfchen mehrmals umdrehte, mit der anderen Hand auf Matteos Schulter drückte, damit sich der Patient nicht bewege, und den Löffel endlich mit überraschender Behutsamkeit wegzog und in dem dafür vorbereiteten Röhrchen verstaute, während Matteo, der sich beinah hätte übergeben müssen, das Grunzen der Zufriedenheit hörte, das sein Hausarzt jedes Mal ausstieß, wenn er sich selbst zeigen wollte, dass er einen Handgriff oder eine Untersuchung am Körper seiner Patienten erfolgreich durchgeführt hatte.

Manchmal fühlte man sich schon gesünder, wenn der massige Körper des Hausarztes wieder auf Distanz gegangen war.

»Wir werden sehen. Es kann alles sein oder auch das Gegenteil.«

Es gab Ärzte, exzellente Ärzte, die immer sarkastischer wurden, je schlimmer der Befund sein konnte. Matteo hatte längst begriffen, dass es sinnlos war, sich gegen sie aufzulehnen. Matteo hatte von anderen Ärzten gehört, die wahre Meister der Einfühlung waren, während es ihnen immer wieder schwerfiel, die richtige Diagnose zu stellen.

Der Hausarzt war gegangen. Er hatte Matteo einen halben Gruß zugeworfen und war durch den Türspalt nach unten entschwunden. Wenn Matteo Carla richtig verstanden hatte, sollte das Ergebnis bald feststehen. Es gab inzwischen Tests, die schneller waren.

Gustav von Aschenbach war in Venedig gestorben, ohne dass er einen Arzt konsultiert hätte. Im fünften und letzten Kapitel der kurzen Novelle hatte Thomas Mann beschrieben, wie Aschenbach in seinem Strandstuhl gestorben war, worauf das Personal des Grandhotels den Leichnam ins Zimmer gebracht habe.

War ein Leichnam kein Mensch mehr? Diese Frage hatte Matteo seit Kindeszeiten immer wieder beschäftigt. Ab wann war der Mensch ein Stück Körper und nichts anderes mehr?

Später hatte Matteo einer Bestattung beigewohnt, die damit geendet hatte, dass die Friedhofswächterin einen Behälter aus hellem Metall geöffnet hatte, aus dem sofort feiner Staub entwich. Der Staub schien unschlüssig, in welche Richtung er ziehen sollte, der Wind brachte zusätzliche Verwirrung, jedenfalls war es Matteo so erschienen. Und das war es schließlich gewesen.

Spiritus flat ubi vult.

Der Geist weht, wo er will. So stand es im Evangelium des Johannes nach einer Aussage von Jesus gegenüber Nikodemus.

Während Sophias Krankheit zum Tode hatte Matteo oft darüber nachgedacht, was bleiben würde. Was überdauern würde. Was sich aus dem toten Körper, der Leiche, retten würde. Welche Art von Seele und Geist überlebt und den Körper von Sophia verlassen haben könnte, um sich anderen Orts niederzulassen. Für immer niederzulassen.

Bis heute hatte Matteo das Gefühl, dass Sophia bei ihm war. Nicht immer und auf Schritt und Tritt, aber hie und da, wenn es wichtig war, wenn ein besonderes Ereignis eingetreten war, wenn Matteo nachdachte und sich dabei vergaß und das Gefühl hatte, dass er selbst jetzt mehr Geist als Materie wäre, empfänglich für die stille Anwesenheit seiner Frau.

Zugleich war es schwer, den Gedanken zu ertragen, dass all das nur Täuschung zum Zwecke der Tröstung sein könnte.

Wenn er sterben müsste, dachte Matteo, wäre es wünschenswert, so sterben zu können, wie Aschenbach gegangen war. Zwar hätte Matteo nicht dem Schemen eines schönen Knaben nachblicken wollen. Aber die Art und Weise des Weg- und Hinübersinkens war schön. Thomas Mann, der vom Leben viel verstanden hatte und auch viel Schweres durchgemacht hatte, war in Sachen Leben und Tod nicht beim *Tod in Venedig* stehen geblieben.

Die Novelle um den Tod in Venedig war ein Frühwerk. Sie war großartig, aber sie sollte nicht das letzte Wort Thomas Manns zu Leben und Sterben geblieben sein.

Schon in dem großen Roman *Der Zauberberg*, der dreizehn Jahre später folgte und in einem Kurort der Schweiz spielte, ging es ganz anders zur Sache. Krankheit und Tod waren bald allgegenwärtig, jedenfalls im Denken und Fühlen der Personen dieses Romans, die deshalb allesamt auf dünnem Eis wanderten. Überdies wurde der Tod, dem immer eine Ansteckung vorausgegangen war, so gezeigt, wie er auch und oftmals sein konnte. Wie ein wildes Tier, das Zähne und Krallen in das Fleisch des Opfers trieb.

Sollte dich diese Art von Literatur nun trösten oder schrecken?

Ja. Das wäre eigentlich zu entscheiden gewesen. Denn Matteo hatte seinen Parcours durch die Literatur der Seuchen nicht gesteckt, weil er sich gelangweilt hätte. Er hatte diese Bücher nicht ausgelegt, weil ihm nichts Besseres in den Sinn gekommen wäre. Ganz im Gegenteil.

Und doch musste er höllisch aufpassen, dass er nicht in die Rolle seines alten Lehrers verfiel. Es war nicht die Aufgabe von Literatur, andauernd Sinn zu vermitteln. Andauernd zu sagen, *das oder jenes ist gemeint.*

Literatur redete in Bildern. Gleichnisse, Anspielungen, Assoziationen, Kombinationen, Ahnungen und noch vieles mehr war der Stoff, aus dem Literatur war. Das hatte Matteo fasziniert, seit er Bücher gelesen hatte, die sich nicht wie Gebrauchsanweisungen lasen, sondern wie Geheimnisse. Matteo war vierzehn gewesen, als er zum ersten Mal Kafka gelesen hatte, und er konnte bis heute nicht sagen, was Kafka nun in eindeutigem Sinn *gemeint* haben könnte.

Wenn Matteo darüber nachdachte, welche Rolle die Seuche in derjenigen Literatur spielte, die er ausgewählt hatte, so war es ähnlich. Immer blieb ein Rest von Geheimnis, sogar für die zehn Plagen des Buchs Mose.

Matteo ging zum Fenster. Das Gehen war besser geworden. Das musste nicht viel bedeuten. Matteo hatte in der Zeitung gelesen, dass Menschen die Seuche so durchlaufen konnten, dass es längere Zeit schlimmer, dann für kurze Zeit überraschend besser und zum Schluss tödlich verlief.

Der Magnolienbaum schien sich im Wind zu schütteln. Der Wind trieb die Wolken vor sich hin, sodass das Licht in ständiger Bewegung war. Wie Quecksilber auf einer dunklen Unterlage. Es war kühl, aber die Sonne hielt mit, sodass man von wechselhaftem Wetter sprechen konnte, das die einen animierte und zu frischen Taten trieb, während andere litten und über Depressionen klagten.

Wie die Welt im Verlauf ihrer Geschichte immer weltlicher geworden war, so war auch die Literatur immer weltlicher, offener geworden. Gewiss gab es Gegenbeispiele. Aber seit der Zeit von Thomas Mann gab es immer weniger Schriftsteller, die auch gläubige Christen gewesen wären.

Matteo war vor vielen Jahren zusammen mit ein paar Kollegen zu einer großen Buchmesse im Ausland gefahren. Einmal im Leben, so dachte er, wollte er so viele Bücher wie nur möglich sehen. Nicht wie in einer Bibliothek, sondern wie in einer Markthalle. Es waren mehrere Markthallen gewesen, und fast alle Sprachen der Welt waren vertreten gewesen und gesprochen worden.

Im Restaurant hatte Matteo ein Gespräch am Nebentisch belauschen können. Ein berühmter französischer Schriftsteller, der schon alt war, aber zugleich jugendlich wirkte, wurde über seine Vorlieben befragt. Der Schriftsteller blieb diskret. Dann bezeichnete ihn ein Journalist als einen großen katholischen Schriftsteller.

Da blickte der berühmte Schriftsteller halb amüsiert, halb irritiert in die Runde.

»Mein Herr. Ich bin Katholik, und ich bin Schriftsteller. Aber ich bin nicht katholischer Schriftsteller.« Erheitertes Gelächter.

Als sich Matteo an diese Anekdote erinnerte, während er wieder am Küchentisch saß und das Gemüse schnitt, dachte er, dass es höchste Zeit sei, das letzte Buch vorzunehmen.

Matteo hatte vergessen, dass er auf die Diagnose wartete.

10

Nie hatte Matteo daran gedacht, sein Sterben, wenn es einmal so weit käme, mit einer Verfügung zu regeln.

Jetzt war es fast zu spät. Wenn Matteo über Nacht ins Krankenhaus eingeliefert würde, wenn die Dinge ihren schlimmsten Verlauf nähmen, wäre es zu spät gewesen.

Matteo würde mit Carla darüber sprechen. Carla würde ihn zwar über dies und jenes belehren wollen, aber das war umso besser. Es war, ganz abgesehen davon, wichtig, dass man bei solchen Dingen einen klaren Kopf hatte und mit Verstand bei der Sache war.

Als Matteo das letzte Buch seiner Wahl vom Regal holte, hatte er das Gefühl, dass er mit diesem Buch vielleicht sogar die Krankheit besiegen könnte. Es gehörte zu Matteos Lieblingsbüchern, seit es Matteo zum ersten Mal auf einer Reise durch Frankreich gelesen hatte. Der Verfasser war Albert Camus, der Roman trug den Titel *Die Pest*, Camus hatte fünf Jahre hart daran gearbeitet, bis der Roman 1947 in Paris erscheinen konnte.

Wenn jemand Matteo gefragt hätte, weshalb *Die Pest* zu seinen Lieblingsbüchern gehörte, wäre er verlegen geworden. Wenn man kein Professor und kein Kritiker war, konnte oder wollte man nicht immer alles begründen.

Matteo war bis heute gefesselt von der Atmosphäre, von den Ereignissen, die Camus mit großem Gestus schilderte, von den Figuren, allen voran von Bernard Rieux, und was den philosophischen Gehalt des Werks betraf, so konnte man immer wieder Neues entdecken oder auch Altes, das man so noch nicht erkannt oder verstanden hatte.

In der nordafrikanischen Stadt Oran war die Pest ausgebrochen. Zuerst starben die Tiere, dann starben die Menschen. Zuerst starben ein paar, dann viele, dann Scharen von Menschen, sodass es auch in Oran, wie früher in Florenz, zunehmend schwierig wurde, die Toten zu bestatten. Es wurde nicht nur schwierig, sondern fast unlösbar.

Der Arzt Bernard Rieux sah und half. Er dachte und handelte. Er handelte wie ein echter Held, nämlich still, beharrlich und selbstlos. Aber es half alles nichts oder alles nur wenig. Rieux' Freunde starben, Bekannte, schuldlose Kinder starben, es war oder wurde ein aussichtsloser Kampf.

Endlich, nach Jahren, gefiel es dem Schicksal, die Pest abzuziehen. Die Pest zog sich zurück. Rieux aber entpuppte sich erst am Schluss des Romans als der kluge und versierte Chronist, der diese bemerkenswerte, ja erschütternde Geschichte niedergeschrieben hatte.

Matteo hatte sich auf den Plüschsessel im Wohnzimmer gesetzt. Auf dem Beistelltisch stand eine Tasse Tee. Der Körper war entspannt, der Kopf war klar. Ideale Bedingungen, sich nochmals mit der *Pest* zu befassen.

Wirst du gesund? Bist du auf dem Weg der Genesung?

Das war alles andere als klar. Aber natürlich lag die Frage, die sich Matteo stellte, an diesem Morgen in der Luft. Am Nachmittag würde Carla oder der Hausarzt anrufen, um Matteo das Resultat zu berichten. Immerhin konnte Matteo von sich sagen, dass er sich noch nie besser gefühlt hatte, seit sich die Krankheit mit einem ersten Kratzen bemerkbar gemacht hatte.

Auch in Oran hatte sich die Pest diskret angeschlichen. Camus zeigte meisterlich, wie die Menschen eine große Begabung hatten, so lange an das Gegenteil zu glauben, bis die Katastrophe nicht mehr geleugnet werden konnte. Die Katastrophe hatte sich in Oran zuerst diskret verhalten, später unter Blitz und Donner gezeigt. Sie hatte dann Zug um Zug die allergrässlichste Pestfratze aufgesetzt und war wie ein nimmersatter Vampir über die Menschen gekommen.

Am Mittag war das Fieber auf seinem Höhepunkt. Ein wie aus den Eingeweiden kommender Husten schüttelte den ganzen Körper des Kranken, der erst jetzt Blut zu spucken begann. Die Lymphknoten waren nicht mehr weiter angeschwollen. Sie waren immer noch da, hart wie in die Gelenkhöhlen geschraubte Muttern, und Rieux hielt es für unmöglich, sie aufzuschneiden. Zwischen den Husten- und Fieberschüben sah Tarrou seinen Freund hin und wieder noch an. Aber bald öffneten sich seine Augen seltener, und das Leuchten, das dann sein verwüstetes Gesicht erhellte, wurde jedes Mal blasser. Der Gewittersturm, der diesen Körper mit zuckenden Krämpfen schüttelte, erleuchtete ihn mit immer selteneren Blitzen, und Tarrou trieb langsam in die Tiefe dieses Sturms ab. Rieux hatte nur noch eine nunmehr regungslose Maske vor sich, aus der das Lächeln verschwunden war. Diese menschliche Gestalt, die ihm so nahe gewesen war, nun von Jagdspießen durchbohrt, von einem übermenschlichen Übel verbrannt, von allen hasserfüllten Winden des Himmels verkrümmt, versank vor seinen Augen in den Wassern der Pest, und er konnte nichts gegen diesen Untergang tun.

Welch ein Unterschied zu dem edlen Verlöschen, das Gustav von Aschenbach am Lido von Venedig überkam. Matteo war benommen. Wenn ihm Passagen wie diese in seiner eigenen Krankheit helfen würden, dann nur deshalb, weil es in seinem Inneren auch Kräfte gab, die solche Herausforderung mit Ingrimm aufnahmen und dann zurückschlugen.

Der Tod in Venedig hatte die Cholera als einen Hintergrund aufgespannt. Als einen unheimlichen, aber diskreten Hintergrund. *Die Pest* nahm nicht solche

Rücksichten. Sie nahm ihren Titel buchstäblich und realistisch bis in die brutalsten Einzelheiten.

Sind wir wieder so weit?

Matteo war sich nicht sicher, ob er so fragen durfte. Ob er die Lage in seiner Provinzstadt mit der Lage in der Stadt Oran zur Zeit der von Albert Camus geschilderten Seuche vergleichen durfte.

Die ersten Leserinnen und Leser der *Pest* hatten schnell begriffen, dass der Roman auch ein Gleichnis auf die deutsche Besatzung war. Dass die Seuche auch auf die schändliche Macht der Nazis anspielte, die diese damals überall ausübten. Dass die Seuche den Franzosen nochmals und mit den Mitteln eines Gleichnisses vor Augen führen sollte, was da an Schrecklichem abgelaufen war.

Einen solchen Hintergrund konnte Matteo für seine eigene Zeit nicht sehen.

Es sei denn, man würde wie seine Nichte Carla und andere wache Zeitgenossinnen darauf hinweisen, dass das dunkle Jenseits oder Drüben der gegenwärtigen Krise oder Seuche nichts anders war als die Art und Weise, wie die Menschen heutzutage die Erde schändeten. Dafür wehrte sich der Planet, und er würde noch andere und vielleicht schrecklichere Zeichen schicken, um die Menschen aufzurütteln.

Matteo hörte die Klingel. Er schreckte aus seinen Gedanken auf. – *Wenigstens bist du, komme, was wolle, anständig gekleidet.*

Was sollte schon kommen?

Die Menschen seiner Stadt waren wie die Menschen anderer Städte und Dörfer hauptsächlich mit sich selbst beschäftigt. Sie blickten nach innen, hörten ihre Körper nach Symptomen ab, verglichen die Symptome mit Symptomen von Bekannten, während man telefonierte und die obligaten Witze machte, die sich schon kurz nach dem Ausbruch der Seuche als eine Art von einfach zu beschaffendem Gegengift erwiesen hatten.

Als Matteo die Wohnungstür spaltweit aufdrückte, hörte er die Stimme der Professorin.

»Ich habe Ihnen ein paar Blumen und eine Flasche Wein vor die Türe gestellt.«

Mit jedem Wort war die Stimme schwächer geworden, während Matteo hörte, wie die Absätze der Professorin immer schneller auf den Stein hämmerten, bis die Haustür knallend ins Schloss fiel.

Wie gut. Wie solidarisch. Die Menschen wuchsen zusammen. Nicht auf theatralische oder laute Weise wie bei einem Fußballspiel oder einer Demonstration. Sie blickten in diesen Zeiten zwar nach innen, prüften ihre Existenz, während sie doch hie und da über den Tellerrand zu blinzeln begannen und sich an ihresgleichen erinnerten.

Albert Camus, der selbst ein solidarischer Mensch gewesen war, zeigte in der *Pest*, wie Nächstenliebe unter geradezu albtraumhaften Bedingungen funktionieren konnte. Er zeigte übrigens auch, dass die Menschen unter solchen Bedingungen keineswegs immun gegen das Bedürfnis nach Glück und Liebe geworden waren. Das war, fand Matteo, überaus eindrücklich. Es konnte weiterhelfen, über alle Zeiten hinweg.

Matteo zog die Blumen und den Wein in die Diele und brachte sie in die Küche. Er fand eine Vase, die Sophia besonders geliebt hatte, eine Vase aus Glas mit eingeschliffenen Fischen, in die er die weißen Tulpen stellte.

Schade, dass die Professorin nicht gesehen hatte, dass sich Matteo anständig gekleidet hatte. Andererseits durfte sich Matteo nicht allzu viel darauf einbilden. Ohne den Besuch des Hausarztes würde er wohl immer noch im Schlafanzug oder im Morgenmantel herumlaufen.

Haltung. Was hieß das in Zeiten von Seuchen und Krisen? Es hieß doch eigentlich nichts anderes, als dass man auch dann vor sich selbst bestehen können musste, wenn alle Schablonen und Konventionen in Auflösung gerieten. Würde Matteo wieder gesund werden, so wäre ziemlich klar, was geschehen müsste.

Matteo würde sich mithilfe von Carla und ein paar Freunden daranmachen, seine Buchhandlung so in Betrieb zu nehmen, dass möglichst viele Menschen, die sich für Bücher interessierten, nein, die ohne Bücher nicht leben konnten, davon profitieren würden. Zum Beispiel würde Matteo einen Leihdienst einrichten, mit dessen Hilfe betagten Menschen der Zugang zu den Büchern erleichtert würde. Matteo war davon überzeugt, dass ihm Passendes dazu einfallen würde.

Und nach der Seuche würde er seine Buchhandlung zu einem Begegnungsort machen. Die Buchhandlung war schon ein Ort der Begegnungen. Aber sie würde Formate der Nähe und der Gemeinschaft entwickeln, die neu waren und noch mehr mit dem Leben der Menschen verbunden wären. Lesen musste nicht immer einsam sein.

Du hast zu viel Camus gelesen.

Vielleicht stimmte das. Im Lauf seines Lebens hatte Matteo fast alles von Albert Camus gelesen. Er hatte immer wieder bewundert, wie dieser Mann, der keine Ansprüche hatte und nach dem Nobelpreis für Literatur immer noch oder erst recht derselbe geblieben war, wie dieser Schriftsteller nah bei den Menschen war.

Existenzielle Nähe. Das war vielleicht die beste Formel.

Matteo blätterte in der *Pest*. Er las auch die Bemerkungen, die er vor vielen Jahren an den Rand der Seiten notiert hatte. Manches kam ihm jetzt fremd vor. Oder er verstand nicht mehr, was er damit gemeint hatte. Manchmal war der Bleistift am Papier abgerutscht. Matteo konnte nicht mehr entziffern, was er notiert hatte. Eine Passage hatte ihm offenbar besonders Eindruck gemacht, denn er hatte sie mit einem Kreuz versehen, das mit einem Kreis umrundet war.

Der Arzt, Rieux, befand sich im Gespräch mit dem Pater, Paneloux. Dieser, ein aufrechter und unerschrockener Mann Gottes, war während der Seuche an allen

Orten rastlos tätig. Er half den Kranken, den Armen, den Kindern. Und regelmäßig predigte Paneloux auch von der Kanzel der Kathedrale herab. Mit sanfter oder donnernder Stimme predigte er der Gemeinde, was von der Seuche zu halten war.

Aber das, genau das, war die Crux. Es war der Punkt, an dem Rieux und Paneloux sich nicht mehr verstanden und nicht mehr verstehen konnten, obwohl sie eine Art von Freundschaft pflegten.

Pater Paneloux verstand die Pest als eine Form der Strafe. Er schrieb damit eine Lehre fort, die schon im Buch Mose fassbar geworden war. Gott strafte mit der Pest die Menschen, die sündigten und in der Gottferne lebten. Rieux, der Arzt, war gegenteiliger Meinung. Die Stelle, die Matteo angestrichen hatte, handelte davon, wie die Pest zu verstehen sei. Der Pater sagte zu Rieux, man müsse vielleicht auch lieben, was man nicht verstehen könne. Rieux widersprach.

»Nein, Pater«, sagte er. »Ich habe eine andere Vorstellung von der Liebe. Und ich werde mich bis zum Tod weigern, diese Schöpfung zu lieben, in der Kinder gemartert werden.«

Matteo war wieder bei dem bekannten Problem gelandet. Er hielt das Buch von sich und sah gedankenverloren auf die Wand des Wohnzimmers, wo die Radierung von Piranesi mit den römischen Ruinen hing. Alles vergangen, nur noch Fragment neben Fragment.

Sobald man aber ausdrücklich von einer Schöpfung sprach, was zugleich und zu Recht die Bewunderung über diese Schöpfung zum Ausdruck brachte, landete man wieder bei der Frage, warum der Schöpfer dann auch die Beschädigungen, die Zerstörungen, die Beschneidungen, die Verstümmelungen dieser Schöpfung zuließ oder jedenfalls nicht verhinderte.

Matteo hatte bei Camus eine kurze Notiz gelesen, in welcher sich der Schriftsteller über die Pest und ihre Bedeutung geäußert hatte. Wenn sich Matteo richtig erinnerte, hatte Camus geschrieben, die Moralität oder Moral der Pest sei, wenn überhaupt, so zu begreifen, dass sie niemandem nütze und zu nichts nütze sei.

Es gab keine höhere Moral. Keinen Verweis nach oben. Nichts, was darauf hingedeutet hätte, dass im größten Leid zugleich ein mögliches größtes Heil verborgen war und leise darauf wartete, dereinst die Menschen zu leiten und zu beglücken.

Matteo hatte keinen Hunger. Nachdem er nochmals und wieder gelesen hatte, wie Tarrou, der Freund des Arztes, hatte sterben müssen, war ihm der Appetit vergangen. Er ging in die Küche und sah sich um. Die Wagenburg stand unversehrt, inzwischen standen bereits zwei Flaschen Rotwein in ihrer Nähe. Wenn das so weiterging, konnte Matteo eine Weinhandlung eröffnen.

Matteo nahm die Vase, brachte sie in sein Arbeitszimmer und stellte sie in eine Ecke des Schreibtischs. Sofort sah das ganze Zimmer anders aus. Es lag an der Farbe der weißen Tulpen, die sich wie ein Lichtblick von den gedämpften Tönen der Bücher und des Teppichs abhoben. Es lag an der Vase mit den eingeschliffenen Fischen, die in dieser Umgebung ein wenig fremd wirkte und deshalb umso stärker zur Geltung kam. Vor allem lag es daran, dass die Tulpen, auch wenn sie geschnitten waren, noch immer die Kraft des Organischen besaßen. Noch immer saugten sie Wasser auf, das in die Kelche gelangte und diese stetig öffnete.

Thomas Mann hätte seine Freude gehabt. Matteo fühlte sich beschwingt und wusste nicht recht, ob er sich darüber freuen oder schämen sollte.

Warum helfen dir diese Bücher? Helfen sie überhaupt?

Je älter Matteo wurde, umso häufiger, dachte er, stellten sich gewisse Fragen von selbst. Sie waren nicht das Produkt des Nachdenkens, eines Willens, einer wie immer zu definierenden Absicht. Sondern sie wuchsen und wucherten in Matteos Innerem, bis sie reif waren und sich artikulierten. Manchmal waren sie weniger reif. Dann wurden Antworten noch schwieriger.

Natürlich halfen die Bücher. Wie wäre ein Buchhändler dazu gekommen, das Gegenteil zu behaupten?

Was nun just diese Bücher betraf, die sechs Bücher oder Werke oder Schriften, die sich Matteo zurechtgelegt hatte, so war abschließend zu sagen, dass sie allesamt existenzielle Kraft verbreiteten. In allen diesen Büchern ging es um Existenzielles. Also eigentlich um das Ganze.

Indem die Juden an ihren Gott glaubten, glaubten

sie auch an den strafenden Gott, der ihre Feinde bestrafte und ihr Volk aus der Gefangenschaft führte. Das war dem Volk der Ägypter gegenüber sicher ungerecht, dachte Matteo, aber Gottes Macht oder Kraft hatte sich auf existenziell folgenreiche Weise manifestiert.

Indem zehn Menschen, sieben Frauen und drei junge Männer, auf ein Landgut in den Hügeln ausgewichen waren, wo sie abgeschirmt waren von der Seuche, während die Seuche in der Stadt Florenz für Schrecken und Tod sorgte, konnten sie sich eine Verbindung von Existenz und Heiterkeit sichern, die für sie ein geradezu unfassbares Glück sein musste.

Indem die Bevölkerung von London zu einer Zeit von der Pest gebeutelt wurde, als man bereits besser hätte wissen können, welche Vorkehrungen zu treffen gewesen wären, war sie die Verkörperung für eine Krise, die sowohl existenziell wie sozial schweren Schaden verursachte.

Indem Jeremias Gotthelf eine schwarze Spinne über die Menschen schickte, wollte er seine Leserschaft in ihrem Glauben gegen ein Grauen bestärken, das der Teufel jederzeit mobilisieren konnte, wenn sie nicht aufpasste.

Indem Thomas Mann einen Schriftsteller schön sterben ließ, der sein ganzes Leben der Schönheit gewidmet hatte, brachte er zwar Tragik, aber auch letzte Konsequenz in dieses Leben.

Indem die Pest von Oran unterschiedslos zuschlug, nährte sie weniger den Glauben der Menschen an

Gott als deren Fatalismus, während es deshalb umso wichtiger wurde, sozial zu handeln.

Matteo las diese Sätze, die er in gut lesbarer Schrift auf ein Blatt Papier geschrieben hatte, schüttelte den Kopf und zerriss das Papier.

Jetzt hast du deinen Lehrer überholt.

Das war übertrieben. Andererseits gefiel Matteo die Doppelrolle. Zuerst hatte er, ohne viel nachzudenken, die Frage beantwortet, die sich ihm plötzlich aufgedrängt hatte. *Warum helfen dir diese Bücher?* – Dann hatte er gemerkt, dass die Frage nicht zu beantworten war. Jedenfalls nicht auf die Weise, wie es die Sätze auf dem Zettel versucht hatten.

Als das Telefon summte, schaute Matteo auf das Display. Es war Carla.

»Und? Bin ich nun infiziert? Ein Opfer der Seuche?«

Stille. Hörbares Atmen. Wieder Stille.

»Vermutlich nicht. Nein. Ich glaube, du hast Glück gehabt.«

Der Fall war komplexer. Er war schwieriger. Es gab kein eindeutiges Resultat. Was aus der Probe abzulesen gewesen war, deutete mit großer Wahrscheinlichkeit darauf hin, dass sich Matteo nicht angesteckt hatte.

Aber völlig sicher war man nicht. Es hatte in der jüngeren Zeit Fälle von ähnlicher Unsicherheit gegeben. Carla erklärte Matteo, dass es zu kompliziert wäre, Matteo die Methoden und Hintergründe der Tests zu erklären. Sie, Carla, wusste selber nicht, wie das im Einzelnen war. Immerhin sei zur Beruhigung zu sagen, dass sich von diesen uneindeutigen Fällen, die nach der Meinung der Labors viel mehr auf der Seite der Gesundheit als auf jener der Infektion anzusiedeln wären, bisher noch keiner in die Gegenrichtung entwickelt habe. Man verfolge das sehr genau.

»Und also auch bei dir.«

Das war eine gute Nachricht. Und Matteo durfte auch gut finden, dass man ihn weiterhin im Auge behielt.

»Was machst du jetzt?«

Matteo antwortete wahrheitsgemäß, dass er fast alles genau so weiter handhabe wie bisher. Er verschwieg Carla, dass er sich neue, andere Bücher hervorsuchen würde. Aber das hätte Carla in diesen schweren Zeiten auch nicht besonders interessiert.

Im Rückblick, nach Carlas Nachricht, war es noch schwieriger, zu sagen, was Matteo wirklich erwartet hatte. Was im medizinischen Sinn zu erwarten war, nachdem man doch in der ganzen Stadt wusste, dass sich sehr viele Menschen und insbesondere ältere Menschen angesteckt hatten. Matteo, der gelernt hatte, den Optimismus damit zu stärken, dass er ihm immer eine Prise Pessimismus beimischte, wusste plötzlich nicht mehr, was er wirklich erwartet hatte.

Die Symptome waren da gewesen. Sie waren, wenn auch in abgeschwächter Form, noch immer da. Es kam immer und überall darauf an, wie man sie las. Im Licht der Seuche zum Beispiel bewiesen sie die Seuche. Im

Licht der Tatsache, dass Matteo höchstwahrscheinlich und jedenfalls bis zu diesem Zeitpunkt verschont geblieben war, bewiesen sie zum Beispiel den Verdacht, dass Matteo eine üble Grippe hatte, die er gerade hinter sich brachte.

Konnte man einen Verdacht beweisen?

Carla hatte Matteo gesagt, sie würde gegen Abend kommen, und sie würde ihm ein paar Lebensmittel und eine Flasche Rotwein vor die Türe stellen. Da sie nicht wisse, ob sie die Seuche transportiere, ohne von ihr zu wissen, würde sie alles wie gehabt vor Matteos Wohnungstür stellen.

Dagegen war nichts einzuwenden gewesen. Carlas Stimme hatte erleichtert geklungen, und aus der Sachbearbeiterin war die liebende Nichte geworden.

Als sich der in Gedanken verlorene Matteo in seinem Arbeitszimmer umsah, fiel der Blick auf die Büchergestelle. Wie Soldaten standen die Bücher aufgereiht in ihren Regalen. Matteo hatte immer auf Ordnung in seinen Regalen geachtet, und daran würde sich so schnell nichts ändern. Die Klassiker, die großen Geschichtswerke, neuere Literatur, Bildbände, das ganze vielstimmige Orchester. Keine Lebenszeit der Welt hätte gereicht, dies alles zu lesen, und Matteos eigene Lebenszeit war, so lehrte ihn die Erfahrung im Umgang mit der Seuche, darauf einzustellen, dass er, Matteo, fortan noch überlegter würde in der Auswahl seiner Lektüre.

Waren Thomas Manns Tagebücher ein Klassiker?

Ja und nein. Nein, denn sie waren ein ungemein

persönliches, immer wieder auch ungemein eitles und selbstsüchtiges Dokument für das Allzumenschliche eines großen Schriftstellers. Ja, denn sie waren genau das, und indem sie das waren, in ihrer manchmal geradezu gespenstischen Nähe zu dem großen Schriftsteller, waren sie angesteckt von seiner Dichtung, die doch irgendwie klassisch war.

Matteo griff sich den zweitletzten Band der Tagebücher aus dem Regal. Er kannte die Stelle. Er kannte sie praktisch auswendig. Aber Kontrolle war besser.

Im Oktober 1951 besuchte Thomas Mann das naturhistorische Museum von Chicago. Dort zeigten sich ihm in diversen Vitrinen nachgestellte Frühformen des menschlichen Lebens. Die Begeisterung war groß. Dies, so meinte Thomas Mann, diese Lebenskraft mitsamt ihrem Verschwinden, sei immer sein Thema gewesen.

Etwas später fiel Thomas Mann wieder ein, was er in Chicago gesehen und was er danach gedacht hatte. Er griff zur Feder und spann die Gedanken im Tagebuch noch weiter. Es waren besondere Gedanken, die Thomas Mann schließlich auch in seinem allerletzten Roman verwenden würde.

Matteo musste sich sagen, dass er die Stelle liebte. Er liebte sie, und er liebte sie nicht einmal deshalb, weil sie seine eigenen Gedanken zu Welt und Leben ausgedrückt hätte. Matteo besaß nichts, was so hochtrabend als seine eigene Philosophie oder Religion des Lebens zu bezeichnen gewesen wäre. Hatte sich Matteo einen Gedanken, eine Idee, eine Kurzform von Philosophie erobert und zurechtgelegt, so war am nächsten Morgen meistens vieles bereits verworfen. Ganz abgesehen davon, dass das alles höchst fragmentarisch blieb.

Egal. Es ging weniger um Matteo als um den bald achtzigjährigen Thomas Mann, der mehr und mehr von Gedanken an die Endlichkeit seines Daseins erfüllt war. Es war eine große Stärke von Thomas Mann, dass er darüber nicht nur bitter war und haderte, sondern immer wieder auch heiter und gelöst war.

Thomas Mann hatte das Folgende in sein Tagebuch geschrieben.

Alles geht ohne genaue Grenze ineinander über: der Mensch ins Tierische, dieses ins Pflanzliche, das Organische ins unorganische Sein, das Sein ins Nichtsein. Alles hat angefangen und wird aufhören, es wird wie vorher raum- und zeitloses Nichts sein. Das Leben auf Erden eine Episode, so vielleicht alles Sein ein Zwischenfall zwischen Nichts und Nichts.

Matteo stellte das Tagebuch zurück ins Regal. War es, indem es diesen Passus enthielt, für Matteo eine Art von Bibel geworden?

Vielleicht. Aber wenn man sich wieder von Thomas Manns Erhabenheiten, vom Nichts und dem ihm folgenden Nichts, verabschiedet hatte, war doch wieder einiges zu tun. Hier und jetzt.

Matteo konnte noch nicht sagen, ob die Seuche die

Menschen am Ende dazu befähigen würde, noch stärker aufeinander zuzugehen. Es konnte sogar im Gegenteil geschehen, dass die Leute noch mehr voneinander wegstieben, ihre eigenen Sachen bestellen, ihren eigenen Profit suchen, ihre eigenen Freuden gegen andere Leute erzwingen würden.

Aber das andere, das Bessere, das Solidarische war eben auch möglich.

Ein Freund hatte Matteo einmal etwas Überraschendes gesagt. Dieses war so überraschend gewesen, dass eine Diskussion darüber nicht mehr möglich gewesen war.

»Wir Menschen sind noch immer zu viel Tier. Doch obwohl wir immer noch zu viel Tier sind, sind wir leider zugleich auch zu wenig Tier.«

Der Freund hatte geschwiegen. Dann hatte er eine Mappe mit grafischen Blättern geholt. Er hatte in der Mappe gewühlt und dabei herumgebrummt und schließlich ein Blatt hervorgezogen.

Das Blatt war nicht groß. Es besaß das Format eines größeren Buchs. Es stammte von einem Meister aus den Niederlanden, der das Motiv vor vierhundert Jahren in Kupfer gestochen hatte. Auf dem Blatt waren sieben Elefanten zu sehen. Im Mittelgrund sah man den wichtigsten Elefanten. Er blickte traurig und unglücklich, weil er in eine Grube gefallen war, die als Falle gedacht war.

Doch rund um diesen unglücklichen Elefanten, der mit Mühe versuchte, aus der Grube zu kommen, standen seine Freunde. Sechs Gefährten waren derweil mit großem Ernst damit beschäftigt, Steine und Bäume herbeizuschaffen, die es möglich machen würden, dass der gestürzte Elefant, über die Steine und Bäume hinweg, zurück in die Freiheit gelangte.

Diese Tiere hatten vermutlich nicht lange gefragt. Sie waren mit Kopf, Rüssel und Bein tätig geworden, solidarisch, für ihren Kameraden.

Matteo ging zum Fenster, öffnete es, lehnte nach vorn, um den Magnolienbaum zu begrüßen, der, so schien es ihm, zurückgrüßte.

Das Leben ging weiter. Matteo wollte es mit ganzer Kraft umarmen, wie am ersten Tag.

Zitierte Werke

Das Alte Testament. Das Zweite Buch Mose, Kapitel 7 ff.

Giovanni Boccaccio: *Das Dekameron*. Vollständige Ausgabe in der Übertragung von Karl Witte. München 1979, S. 13 ff.

Daniel Defoe: *Die Pest zu London*. Aus dem Englischen von Werner Barzel. Ungekürzte Ausgabe. München 1987, S. 312.

Jeremias Gotthelf: *Die schwarze Spinne*. In: Gesammelte Werke in neun Bänden. Erster Band. Zürich 1962, S. 72 f.

Thomas Mann: *Der Tod in Venedig*. In: ders.: Frühe Erzählungen. Frankfurt 1981, S. 636.

Thomas Mann: *Tagebücher*, Band IX. Hg. von Inge Jens. Frankfurt 1993, S. 252 f.

Albert Camus: *Die Pest*. Deutsch von Uli Aumüller. Reinbek bei Hamburg 2010, S. 417 f., S. 314.